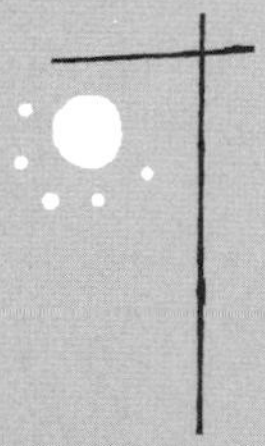

在轉角遇見你

張光斗

目錄

輯二　斗室有燈

輯四 人情似故鄉

推薦序

轉角遇見誰？背後的秘密

妙熙法師，《人間福報》社長

斗哥又出書了！他以驚人速度將一生中碰到的人事物，以暖男大叔、幽默輕柔的筆法，寫出他生命中，每一個轉角的「遇見」……。

我不禁想問，宇宙如此大，為何那麼多的美好，總讓斗哥給遇見了。這種心態就像，人遇到不如意的事，總會抱怨，為什麼是我？看到別人際遇好、貴人多，就會想為什麼總是他。

尤其，在遭逢失落和困頓時，每個人都希望在生命轉角，能遇到希望與光明。為何斗哥生命的轉角總遇到美好？我歸納他的幾個人格特質，提供給有幸閱讀到本書，也希望遇見美好的人參考：

一、惜緣：遇緣即有師

文殊菩薩是四大菩薩之一，象徵智慧。釋迦牟尼佛曾說，文殊菩薩是「過去諸佛的老師，也是未來諸佛的老師。」一位小沙彌就問石頭希遷禪師：「那麼文殊菩薩的老師又是誰呢？」禪師說：「文殊遇緣即有師」。

我們在生命中，經常在不經意的時空，偶然的時間點，遇到了看似陌生的人。你是錯過，還是打聲招呼。錯過了，可能再也沒有機會，但問候一聲，或許將為您帶來無限的因緣。在斗哥的生命中，他總是選擇以溫暖的方式，和陌生人打招呼，為他人服務，進而宣傳他人的好。久而久之，從陌生到熟悉，甚至成了莫逆之交。

祕密之一，不錯過任何一個因緣，把握每個亦師亦友的可能。

二、惜情：用愛來連結

我們都知道磁鐵相吸的引力關係，當二或多個能量相同的物體靠近時，會相互結合，運用在人與人之間，稱之為「志同道合」。

除了「志」，還有「情」。人與人之間的情感，就像神經網絡，你對人付出愈多的愛，神經網絡就會愈努力，與更多愛與被愛的人連結。如果不去運用，神經網路自然停擺，連結就受到限制。

斗哥外型木訥，卻掩不住那一顆溫暖的心，他善於用「愛」連結身邊的因緣，且運用的很自然，也很微細。哪怕別人給他的只是點滴之情，他都能用一輩子來懷念，想辦法給予回饋。

祕密之二，想要連結美好與貴人，要視他人為自己生命中的一部分，而最好的橋樑是愛。

三、惜時：剎那即永恆

認識一個朋友，最感動的莫過於在多年未見之後，他依然叫得出你的名字。更何況是初次見面時，那些不經意，有一搭沒一搭的對話，有誰還能記得？

斗哥就不同了，他不僅記得名字、對話，甚至多年之後，還可以如素描般勾勒出每一個人烙印在他心中最美麗的印記。

那些我們最常忽略的「偶然」，斗哥可都是用上了心，讓人成為他的老長官、老老師、老朋友、老地方……，一切都成了自然而然的必然。

祕密之三，時間倏忽而逝，但誰能延長保固期，就延長使用期限。

聯副專欄《轉角遇見你》是斗哥寫出了在他生命的每個轉角，所遇到的每一個貴人。更具體的說：

如果「愛」是衛星定位系統；
那麼每個轉角的不期而遇，看似陌生，都是愛的連結。
如果「偶然」是線索；
那麼絕不能輕忽，沿著偶然走，終將看見永恆。
如果宇宙是一面「鏡子」，

轉角，遇見你；
其實，是遇見自己！

推薦序

先學寫人，再學做人

栗光，《聯合報》繽紛版主編

從德俊哥手上接下編輯職務後，我第一回以新身分和作家吃飯，就是去斗哥當時位於內湖的住家。其實，早在拜訪之前，我就久仰斗哥大名，但從未想過人生會有交集，如今不僅要見面，還是到人家家裡頭吃飯，內心忐忑可想而知，也果不其然緊張得忘了當晚究竟吃了哪些好料（真對不住啊斗哥）。不過，我倒還記得甜點——我帶了一個國王派過去，等要切片分食，才知道他因胃食道逆流，並不怎麼吃甜；然而，斗哥還是一直說「真好、真好」，一口口認真品嘗。望著那樣的斗哥，我真不曉得自己前一個多小時在拘束什麼。後來，我再和斗哥吃飯，問題變成只記得吃了哪些好料，正事總在飽脹的胃將食物一一消化完畢，才緩緩浮現腦海。

與斗哥合作專欄的這幾年，讀著他寫的那些人那些事，我常暗自為主角或祝福或心疼，或自個兒悶得胸口發麻。然而，每每想著能否以「職業傷害」一向斗哥索賠，又不得不承認自己之所以會惆悵，是因為那些故事都映照著世間因緣聚散，是一堂堂寶貴的課，一次次輕聲的提點。索賠不成，我改從他身上偷——偷他寫人的功夫。我喜歡看斗哥寫人，喜歡看他怎麼擷取與朋友互動的畫面：哪時候要快轉，哪時候要給特寫，哪時候切入對白……這些堆疊起來，就是他散文好看的祕訣。更教我吃驚的，是如此偷學以後，我不擅交際而避人的性格，竟慢慢有了改變。

起初只是想把文章寫好、把人寫好，但在觀察與描繪的過程裡，意外深入肌理地明白世間沒有扁平的人，明白一件事不會只有一個角度，且因著不斷修練這樣的明白，學著不搶快、不斷然，學著慢慢聽、慢慢想，學著不勉強自己跟上世界的節奏；愈來愈紛擾的社會，這是珍貴的禮物。而學習之後，很自然地，我從學寫人變成了學做人。當開始學做人，便能逐漸讀出斗哥文章中的另一層：在他的文章裡，讀者不難發現他寫得盡是別人怎樣怎樣好，淡化自己在一段關係中的角色，可偏偏就是這般輕的筆墨，更凸顯一種沒有直白寫出來的、難得的、互相珍視的情感流動。

我非常幸運在這近六年的時光受到斗哥照拂，回憶過往種種，還有一件事我也印象極深，便是他從不拿年紀壓人，自認識的第一天起，約我吃飯就不是為了偷偷打量新編輯有幾斤重（那時面對的飯局多是來秤重的），他把我當成朋友，一路相陪，並且在我最需要的時候送上最溫暖的關心：父親過世時，我請斗哥推薦幾本聖嚴師父的書，他說好，問了我地址，然後某天上班時間我便接到母親的通知，說斗哥幾分鐘前「親送」到家裡了。也是自那一天起，斗哥才真正開始對我說一些佛法，邀請我去參加法鼓山的禪修營，讓我有機會學習怎麼照顧自己。

於是，不以自己認為的善去加諸他人，又成了我從他身上學到的一件事。可能因為這個緣故，我也逐漸變成不太催稿的編輯，覺得會來的稿子終歸會來──嗯，對有開天窗風險的報紙編輯來說，似乎是有點危險的樂觀；幸好，斗哥不僅自己準時交稿、提前交稿，還介紹了好多和他一樣嚴以律己的作家。

能認識斗哥、為這本書寫序，實在是我的榮幸。

推薦序

多情男子有情天

鄭羽書，知名作家

答應阿斗為他的新書寫篇讚歎的短文，數月了，編輯催稿了，一向快筆的我竟然還下不了筆，原因是認識阿斗太深！我最常對他說的話是：「你想太多！」想太多的阿斗心太細、思維太密、筆太有情，他註定「心苦」。剛說完這個人的難，又想著那個人的危，以為自己千手千眼！這不是我年輕時認識的阿斗，現在的阿斗是經過菩薩的牽引，佛法的淬鍊，卻帶著俗人的皮囊處處留情，你說他能不苦嗎？

他不是話多的人，多數時間在觀察人與人的對話，要不就在手機群裡關照人、事、物，我嘀咕他：「你花太多時間管閒事……。」但我知道白說，因為他太愛「人」，他的賢內助淑芬說：「他就是想為需要的人做些事，我知道很辛苦，但那就是他的使命，所以我支持他……」我心想：「就是妳助長他的多愁善感！」哈，這話對淑芬不公平，其實阿斗的牛脾氣不是她能阻止或改變！

泛愛眾要行有餘力，我不贊成超越自己負荷的慈悲，要先善待自己，照顧好家人，才有能力去幫周遭的親友，擴及一切有情。當我們想為他人付出的心力過多，相對要有足夠的福報，除了錢財無憂還要身強體壯，否則盡力而為問心無愧，慢慢累積福德就好。

在阿斗眼中我應是叨念不停的烏鴉嘴，他看到這裡應該很後悔讓我寫這篇短文，不但沒有讚歎還幾近數說！

這本書收錄的文章都是阿斗嘔心瀝血之作，他可以專程搭一趟飛機或搭一天車只為去見一位「有心人」，他想為別人點一盞燈，但必須時時關照燈座底還有油嗎？

在〈我愛蛋炒飯〉文中提到嚴母、慈父、樂觀的大姊、日本留學的艱辛、回台的歲月流轉……都圍繞著一盤充滿愛與溫暖的蛋炒飯。

熱情的阿斗也有靦腆的一面，在〈趙茶房的茶水未冷〉一文，寫他與趙寧在年輕歲月把酒言歡，多年後在捷運上遠遠看到趙寧竟然猶豫該不該去打招呼？直到趙寧下車始終沒有前去相會，這該是多數男人的性格吧！離開酒桌多數男人不善言辭，不知如何對話，我也常在思考為什麼？不久趙寧罹癌往生，我猜阿斗心底除了慟更多的該是遺憾！

書中收錄最特別的一篇文章是〈新店溪水不斷流〉，第一句寫著碧潭吊橋……觸動我在景美女中三年最常做的事，濛濛雨的日子獨自去碧潭划船，我愛那單獨的自在；再往下讀竟然發現新店溪畔的「清風園」藏著聖嚴師父的祕密，聖嚴法師當年為逃難選擇當兵，來台後就在「清風園」工作，他的同事郭傳秀娶了清風園旁開設店鋪的劉家女兒，已九十高齡還居住在當地的郭老先生，竟然還耳聰目明的敘說當年聖嚴法師在軍中的生活、性格，並展示他們數十年的書信往來；遙想當年聖嚴法師的身影在碧潭橋上來回穿梭……往後度眾歲月的宛延，度不盡執著不悟的眾生，在在示現了眾生多變的心性與業力。

〈變調的人間四月天〉闡述自己與爺爺奶奶未曾謀面的約定，祖墳的遷葬過程，十足大陸九彎十八拐的辦事本色，也蒙龍天護佑圓滿了心願。

讀者在書中處處見到阿斗細膩的筆觸，描述與人互動的人間情愁，處處惦記諸有情，對不喜歡的人也能找出替對方解釋的點，繼續包容與關愛……這就是阿斗！

阿斗的粉絲、讀者、好友，每一位對他的讚歎與歡呼都是非常真實的情分，幾近英雄似的看待他，但我們忘了「英雄比誰都寂寞」。

祈願阿斗的「有情天」照耀大家也別忘了照耀自己！

推薦序

為轉角點上一盞燈

趙自強，「如果兒童劇團」創辦人

遇見斗哥，當然是因為《點燈》這個節目。《點燈》不但多年來記錄了許多「生命勇士」的故事，幾年前，他也開始跟好友們一起投入每年舉辦公益活動，找回社會上的美好價值。好友阿郎（郎祖筠）邀請我參與斗哥的活動，在策劃、執行的過程中，我發現這位帶有傳奇色彩的大哥，講話輕聲細語、對人斯斯文文，闖蕩江湖這麼多年，卻不可思議的保存了單純和善良。我一方面擔心他出錢出力做公益，會不會血本無歸？同時我也慶幸，原來這個世界是可以帶著理想和感恩的心，理直氣壯的活著。

他是我想要學習的榜樣。我想要善良，但是我有點害怕；我也想單純做個好人，卻怕遇到壞人；我也想像他無怨無悔、擁抱理想，但還是怕一無所有。

我要學習他像水一樣，「上善者若水」。斗哥就是這麼溫暖、體貼、為別人著想，在每一個轉角，敏銳、細心的觀察、欣賞，把一些微小的點點滴滴，都看到心裡面去了。而這些溫潤的感動，也都一點一滴地累積在他的故事當中，就像一條小溪，緩緩地帶著我們經歷一段人情、一段相遇，你找不到火氣。

雖然有的時候帶著遺憾，可是這個遺憾會讓我們更珍惜現在我們所擁有的。他的文章也帶來更多的淚水，透過一則小故事，看完了以後，你會想去擁抱這個世界、你所愛的人，以及感謝、懷念那些不在你身邊的朋友、恩情。相信你一定會發現，他寫的故事裡面，每個人都有那麼多優點，那麼多發人深省的優雅轉身。

一般來說，經過轉角，我常常只顧著衝向自己的目標，哪會管擦肩而過的人？斗哥不一樣，大明星、小人物、一面之緣的陌生人、已經離世的老朋友……他都是充滿感情的惦念，細細地記錄著他是多麼欣賞這些人。

我想要向他學習，能夠不帶著火氣，臉上掛著微笑，勇敢、執著、單純，貫徹感恩、善良的人生。很多道理，我們早就知道，可是我佩服斗哥，他是切切實實的在生活中每一個轉角，總是能帶著像一泓清涼、恬靜的溪水一樣，綿延不斷的愛和關懷。看看這些美麗的轉身，在那幾乎被人忽略的轉角處，擁有的人性光輝。

我真的相信，越多的人願意親近斗哥故事中的人與事，這個社會也就多了那些希望，為每一個在轉角徘徊的你，點上一盞明亮而溫暖的燈。

自序

一直很慶幸，曾經從事過新聞採訪的工作，那讓我有了「直視」與「觀察」人的機會。我大嗓門，外加從不重視衣裝的外表，好像不修邊幅且外向；事實上，卻極度缺乏自信，有幾分內縮、怕人，甚至孤僻的因子。

我是個「慢熱」的人。

後來在異國孤注一擲的辭掉記者工作，背後有太多糾葛難纏的負面情緒；我癡心夢想，以為還有其他方面的才能得以開發，殊不知，在東京自行創業的苦果就是墜入生平最為恐懼的下場：窮困無望。

幸好老婆無法適應異鄉的生活，讓我有了堂皇的藉口，當機立斷的打包行李，回到闊別十二年的台灣。

回台後蹉跎的時間並不長，就製作了《點燈》電視節目；也因為該節目，親近了聖嚴師父，我的人生道路，又有了轉折。我由一個專門挖掘感人故事的節目製作人，逐步轉化為修持同理心，關懷起弱勢族群，以及關注公共議題（環保、器官捐贈、敬老、扶幼等）的公益人。

非常奇妙，隨著時間的累積，我像是蚯蚓遇雨就拱出泥土一般，在人生的雨季裡，重新體會天與地之間的人潮湧動，應該以何種積極的態度，才得以無憾的側身其間，發揮微小的能量。製作《點燈》節目的工作，要較記者更為生動迷人，因為節目的宗旨：感恩、光明、堅持，已如濾紙，幫我在人海中，過濾掉偽善詐惡的糟粕群影。迎來的都是天真、純樸、善良、溫厚、愛惜生命、認真生活的良師益友們。

他們原本有可能在我人生行旅過的某個都市、鄉村、山巔、河谷的小道轉角處，與我擦身而過，成為不可能相識的可愛陌生人。事實上，我們不但沒有錯過彼此，時間一久，累積人數極其龐大的有緣人，既光彩又探照，將我近二十六年的點燈歲月，充實如浮上熱水面的圓滾湯圓，閃著耀眼的光澤，噴著四散的香氣；就算偶有烏雲聚攏，也都能在最短的時間內霽朗霧散，一路通明無阻。

出版這本書，除了每位在轉角處與我相遇的好友們，需要感謝的人太多太多，最為特別的就是在我心目中巍峨如山的散文大家王鼎鈞先生，以及《聯合報》副刊主任宇文正、繽紛版的前後任主編林德俊、栗光，《人間福報》的社長妙熙法師。

我曾經不知天多高地多厚的連載與聖嚴師父行腳天下的專欄，並集結成冊。有一回到紐約，拜望聖嚴師父的老友鼎公（王鼎鈞），順手將遊記呈給了鼎公，我還心想，他老人家不一定會讀。

後來，在旅途中，親眼目睹了聖嚴師父就算病弱力乏，卻還是堅持著「盡行壽，獻生命」的濟世大願，艱難前行。我這才首次警覺，過去那種信筆捻來的輕率流風必得趕緊拔除，應當轉為慎重肅穆的態度下筆，才能不愧對恩師的教導於萬一。等到聖嚴師父圓寂，我又出版了一本追憶師父的新書，趁著前往紐約拍攝師父的紀錄影集《他的身影》，我又將新書呈交給鼎公。過了兩天，鼎公在家特別邀請拍攝小組，享用王伯母親手烹製的素食家宴；飯前，鼎公居然直接了當的給我一記當頭棒喝，他說，這一本新書顯然不同，不同於之前那本（他慈悲的將一些批評的言語全都嚥進了肚子）。

我是在偶然的情況下，投稿到《聯合報》繽紛版，年紀起碼小我兩輪的主編德俊，對我勉勵有加，不但為我開專欄，給我無數的機會，調整我在書寫上的盲點，還一再訓練我在一些文藝、公益活動中，擔任主持人，磨練我的口條與反應；並介紹許多人脈，充實我製作節目的倉廩。一旦要出書了，他又推薦出版社給我，甚至自掏腰包購書送友。而後，他的接棒人栗光，一樣盡可能的在有限的篇幅裡，允許我恣意揮灑，讓我樂此不疲地享受筆耕之樂。同樣的，副刊主任宇文正，始終默默的支持我的書寫以及主辦的公益活動，不但與栗光全力配合各式大型演出，舉辦徵文活動做具體支持，我還由「繽紛版」橫跨到副刊，將活動的動機與原委，讓更多的讀者知曉。

《人間福報》副刊主編覺涵法師當初提出邀請，要我定期書寫專欄，我還有點遲疑，擔心會水土不服，寫不出像樣的文體。幸好法師沒有放棄，誠意十足，我也就勉為其難的開寫，誰知道，「斗室有光」專欄一晃眼就超過三年。後來，妙熙法師接任社長，對我非常禮遇，我到報社接受採訪，社長親自來迎不說，只要我開口，要辦活動，妙熙法師不但盡量配合，就連我接連出版的兩本書，法師也都應聲應允，寫出增色且重量的推薦序，每每讓讀者大為讚嘆。

另外，要向好友趙自強致歉。原本點燈文化基金會要與強哥帶領的「如果兒童劇團」合作，於二〇二〇年八月八日父親節，假台北市中山堂舉辦「父與子的秘密」音樂親子劇；這本新書的出版，也是為了配合此一活動，希望內頁的文章，能夠呼應我們合作的初衷。如今，為了疫情，音樂劇必須延到明年度，但是這本新書卻不能再等，必須先行與讀者見面。這下只好向強哥行個禮，咱們打個勾勾，這本新書雖然率先開跑了，但在前方不遠的轉角處，咱們必會相擁會合！

願《在轉角遇見你》一書，能夠獲得無數個您的共鳴與分享。

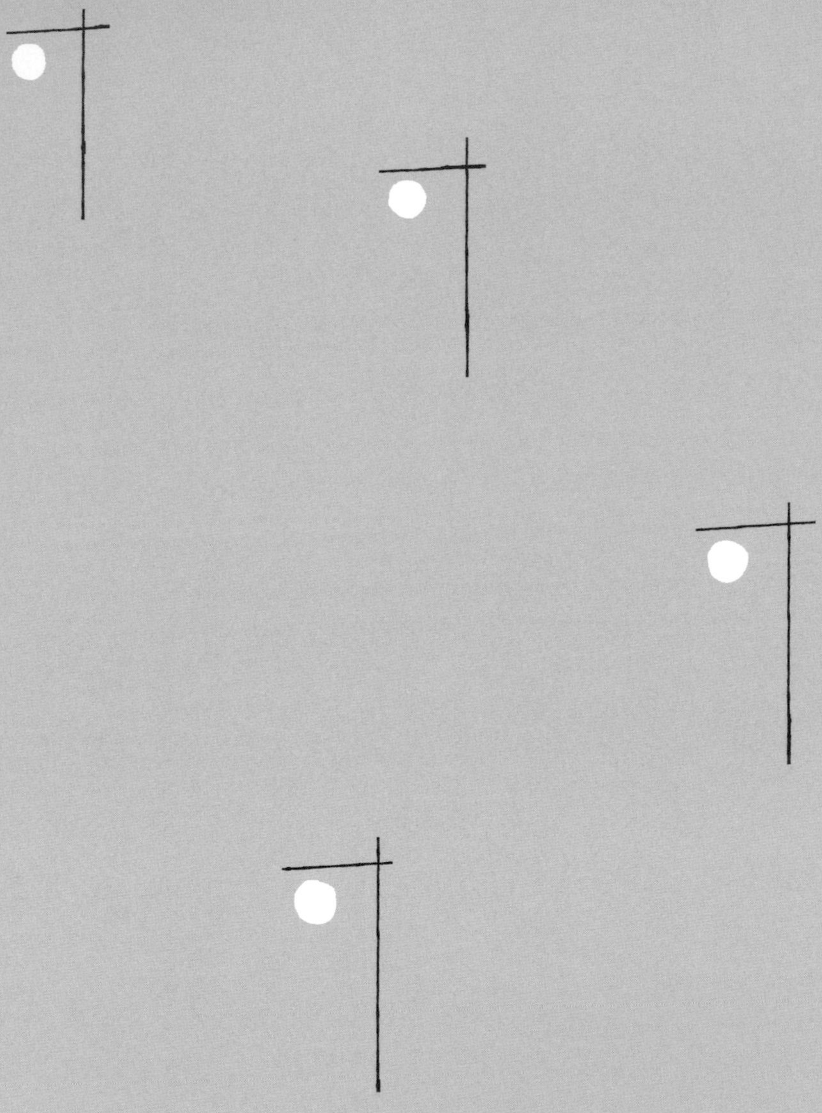

輯一

守一方天地

我與父親的祕密

自小，家裡的兩個大人，像是電磁的兩極，一頭尖尖的，是母親，凡事愛出頭，愛說愛唱愛熱鬧；另一頭，凹進去的，就是父親，內斂寡言，少有喜怒，長時間退縮在自己的世界裡。也唯有酒後，父親眼裡掙扎出許多紅色的血絲，讓他那不算小的眼睛，浮現出許多如蛛網般糾纏難懂的故事。故事？父親從來不說，我家說故事的都是母親。

或許以為我們小，聽不懂，母親有時當著父親的面，說一些有如隔山打虎，挺玄，挺難，屬於大人的故事。她的神色帶有幾許曖昧，我就算懵懂，也知道，那是父親與母親之間的祕密。有一回，印象很深，想忘都難。母親操著她擅長的揶揄口吻，是挖苦也是取笑：

「有人都已經快十歲了，回到家，見到四下無人，還會鑽進他媽的衣襟裡，猛唆幾口。」我立刻抬頭看父親，我知道，母親說的不是我。父親依然不吭聲，拿起桌上的白瓷缸，到廚房去續上熱水，雖然裡面的茶水還有一大半沒喝。母親看到父親離座，大概覺著無趣了，一揮手，要我們該洗澡的去洗澡，該做功課的去做功課。

一位懂得命理、面相與姓名學的師姐，有次喝咖啡，鐵口直斷道：「你這張，拆開來，左邊是弓，右邊是長，你注定跟你父親的緣淺，跟你媽媽的緣深。」她後來說了些什麼，我全忘了，只有這一句，盤據在我的腦門，再也卸不下來。

沒錯，我與父親的緣分是淺些，僅是我與父親談話的次數，數十年下來，直到他走，也不到十次。或許是因為次數少，所以印象特別深刻。

最後那次，照例是某個週五的週末，我與妻回台中，陪他吃晚飯；父親生平唯一的嗜好就是吃點他愛的，談不上名貴，頂多是生魚片、鍋貼、麵條之類。那晚，父親圈選了粵式飲茶，豬肉炒牛河、蝦餃、皮蛋瘦肉粥。吃完，回到家，母親與大妹已經先上樓，父親擺了擺手，也要坐下來的妻先上樓，妻很識相，立馬站起，還故意跟父親說，父親有祕密要跟兒子說喔。

其實，就在那晚，回家的路上，我跟父親中途下車，他說要理髮。誰知道，父親居然瀟灑地要理髮師把他的頭髮全剃光，生平第一次見到父親光頭的模樣。

父親與我面對面，坐在客廳裡 。他一開口，就直接了當的說，到了那一天，隨便我處置。我一腦子的問號，沒搞懂；他又說，譬如你們那個法鼓山啊！不是可以灑在上面嗎？剎那，我懂了，他是要交代他的後事。於是，我笑了，不但沒有閃避此一敏感的話題，反而非常歡喜，原來一生木訥的父親，一直在觀察，在聆聽，在學習；他甚至也知道，聖嚴師父的骨灰，也是如此處置的。

我簡單將聖嚴師父推廣的環保概念——「植存」，又跟父親說明了一次，父親等我說完，又補上一句，如果送去台北太麻煩，台中的「寶覺寺」也可以。

如此這般，我們父子的對話非常簡短，完全不拖帶一點泥水。說完，他就上床睡覺了。

那晚，也是父親晚年的一個重要的分水嶺。沒過幾個禮拜，他半夜起床解溲，摔了一跤，從此急轉直下，小腦也急遽萎縮。兩年不到，他就往生了，沒有帶給子女任何麻煩。

父親一生不願給他人帶來任何麻煩，包括對他唯一的兒子——我。他也慣於言簡意賅，就算是滿腹的話想說，也只是三言兩語，剩下的，全都嚥回肚裡。

我生平第一次正式離家，去台北念書；臨出門時，他只是叮嚀我，忍字頭上一把刀，人在外頭，不比在家，遇事一定要學著忍。我後來經常回味父親此一難得的交代，他是因為懂得兒子衝動易感的個性？還是投射在自己顛沛多變的人生？

我初次遠行，遠走日本。臨走前，他向我滄然道歉，我有點手足無措；他說，他沒有錢沒有人（人脈）給我，只能看著我一人顛仆匍匐；我的眼淚浮起，只能勉強回他，把我養到這麼大，已經夠了，剩下的，我自己負責。

我在東京時，有回母親又與父親嘔氣，取消原定來東京看我的計畫；沒想到父親難得的沒有讓步，居然堅持一人成行。我們幾個子女都同意，父親這一世最為重要的任務，就是擔任母親的守護神；母親比父親小十一歲，當年嫁給父親時，不過十六足歲不到。戰爭隨時要波及南京的前夕，外婆交代父親，母親還小，要父親好好善待母親。於是，我們親眼目睹，父親一生如一頭認命認分的老牛，拖著我們這個家，不曾有過任何怨言不說，母親的好強與任性，父親照單全收，只是往往吃力不討好，經常討不到母親的歡心。

那一回，父親獨個來到東京，我既要上課，還要跑新聞寫稿，只有晚上陪他去吃點他最愛的鮭魚生魚片。有一晚，我匆匆趕回家，才一開門，發現愛抽菸的父親，自香煙販賣機，搜羅回來各式各樣的香菸，平鋪在餐桌上。他開心極了，直跟我說，真好玩，沒想到日本的香菸有這麼多的種類與品牌。那晚，我們父子難得對飲，還是不愛說話的他，一杯啤酒下肚，臉色立馬紫紅，我，自然與他一個模樣。父親還是開口問我，日本待得下去嗎？萬一不好待，就回去，書沒念完也沒有關係，不要給自己太大的負擔。我回他，沒問題，工作穩定，報社幫我調薪了；學校也還行，畢業後，再讀個碩士什麼的．他點了點頭，當晚不再有話。

那一回，我偷偷多塞了些美金給父親。可是，父親真的沒用，只要母親給他一點好臉色，父親會把藏著的私房錢，一股腦的全向母親繳械。

我們有時候會替父親伸張正義，埋怨母親太過欺負父親，當著我們的面，父親一聲「啊呀！」就忽略過去；母親會記仇，甚至惱羞成怒。幾次後，大姐說，我們做子女的就別管上一代的事了，反正都是父親上輩子欠母親的，這輩子注定要還。

父親終有難以忍受母親的時候。到了晚年，他反倒想開了，只要母親為難他，他手提袋一提，就來個離家出走，跑到台北來投靠兒子與媳婦。我們都對父親豎起拇指，讚揚他終於拿出男子氣概，勇於「抗暴」了。父親一來台北就如魚得水，每天一早就去美麗華喝咖啡，然後乘坐222號公車，到西門町的紅包場聽老歌。我經常偷偷塞錢給他，他口裡說還有，還是歡喜收下。我知道，紅包場是要打賞的，每回都要換上一大疊紅通通的百元大鈔。有時候，女歌手會打電話去台中，向父親請安，招來母親狂暴的妒意；後來，我們一群子女帶著母親也去紅包場見習，讓她知道紅包場的文化，她才不再阻止父親前往；但是時不時的還是會諷刺父親的浪漫與呆傻。

母親經常會抱怨，翻舊帳，倒出父親年輕時的風流債。我們會替父親緩頰，說是全為婚前的荒唐事，婚後，父親對母親一直都是一往情深；母親只是氣由鼻孔出，憤憤的丟下一句：「你們以為你們的老子是好人啊？」就扭頭而去。

我與父親的對話已然極少，更遑論是牽涉到性的話題。他獨自來東京那一次，我多想帶他去新宿，讓他開個眼界，看看日本人的「猜拳秀」（日本的色情行業，觀眾在台下觀看台上的脫衣秀，完了，還可以相互猜拳，勝者可以上台，當場接受女性的「服務」）最終，我還是沒有勇氣開口，當然也未能造就出我與父親唯一一次，跨越父子關係，屬於兩個男人之間的祕密。

有一回，溽暑，父親又來台北「投奔自由」了。父親很有本事，晚上不吹冷氣，只要電風扇對著吹就行。我們勸過他幾次，說是對身體不好，但是父親依然我行我素。適巧，我不在台灣，有一天，老婆在一通電話中輕描淡寫地跟我說，父親小中風，上午起床無法穿衣服，已經送他去榮總檢查。幸好無甚大礙，沒有住院。

第二次，同樣的事情再度發生，我剛好又在大陸出差。等到我趕回來，父親在醫院裡，情況還算穩定，醫生說，還是要小心點才好。我在醫院陪了他兩天。出院的當天上午，父親很高興，但想先洗澡；生平第一次，我算是伺候過父親，就這一次。

浴室中，褪完身上的衣服，父親坐在小板凳上，我拿起蓮蓬頭，先為父親洗頭。我本來以為父親的頭髮還算不少，但就在那一刻，我才發現父親的頭髮所存不多，就連頭皮都很明顯的外露了。然後，父親的背後、手臂、大腿，浮現有許多血紅的痣，血，就包在幾近透明的皮層裡，非常醒目。原來，我也已在我的胸前，手臂內彎處，發現有同樣的，鮮紅的，一粒粒的痣；原來，這就是ＤＮＡ，原來，這就是老化的一個標記，是我這一生與父親無法切割的印記。

我將沐浴乳，搓在父親的身體上；幸虧，父親是背對著我，他沒有發現，他初老的兒子，在他背後硬是憋著，只讓眼淚在眼裡盤旋著。

我一直非常後悔，為何不曾央求父親說故事，說他在抗日戰爭中，開著大卡車，奔馳在滇緬公路，運輸物資到大後方的驚險歷程？為何沒有倒杯酒給他，聽他訴說國共內戰，捨下剛生下大姐的母親，跟著部隊，不斷撤退的不安與艱辛？還有，他獲知奶奶在大陸過世的當晚，酒駕送友人去台中搭火車，釀成一死一傷的大禍，嗆然入獄，鋃鐺三年，那又是番什麼樣的煎熬？

我知道，許多與我同齡的人，與穿越過離亂驚駭殘破時代的父親相處時，經常都是冷硬沈默的相對為多，濡沫與共的溫馨記憶闕如。父親們一身背負的巨大創傷，經常在暮年時，橫亙為親子間無法穿透的水泥石塊；直到幕落了，那些石塊，如同不曾揭露的祕密，都跟著父親的軀體，付諸一炬，粉碎成末，卻是再也還原不來、再也還原不來。

我愛蛋炒飯

蛋炒飯，原本是庶民化的一道家常，近年來，已可進駐殿堂，成為許多知名飯館的招牌。

我與蛋炒飯結緣甚早。

小學三年級，母親已到紡織廠上班。某日下課，飢腸轆轆，家裡冷鍋冷灶，啥都沒有，我翻遍廚房，在碗櫥裡（當時還沒有冰箱）發現前晚的剩飯，還有兩顆生雞蛋，居然就煞有其事地打開電爐，風風火火的炒出生平的第一碗蛋炒飯。

母親事後得知，應該是有幾分嘉許之意，沒有對我做出任何懲罰，否則日後的我，不會對做菜一事，留有如此高昂的興致。

小學五年級，改上一天的課，我羨慕起班

上帶便當的同學，就哀求每天中午回家燒飯的父親，為我送便當到學校，而不肯回家吃飯；父親自然是答應了。

隔天中午午休，班上的同學都快吃光了便當，我的便當卻始終未到；好不容易，父親一頭大汗的把便當送來，我打開一看，是一盒熱騰騰的蛋炒飯，父親還添了醬油在裡面，肯定美味；但是，愛面子的我，發現沒有任何一點配菜，這可丟人，好歹也該炒點榨菜芹菜或是青椒豆乾呀！我頓時不樂了，父親跟我解釋，到了家裡，臨時煮飯，沒有時間做菜，蛋炒飯是最快速的了。我雖然懂得父親午休時間的短促，但還是對著那盒油晃晃金燦燦，粒粒分明的蛋炒飯生悶氣。

就讀初中後，父親駕車肇事，被關進軍人監獄，所有的眷糧補助一夕之間都被取消，母親一人需要擔負起五個孩子的養育重擔。有一晚，母親無力地宣佈，次日的便當，已經無法準備任何菜餚；就讀高二的大姐以高八度的嗓音激勵全家六口的士氣道，沒關係啊！家裡還有存米，我們來炒沒有蛋的蛋炒飯帶飯。次日，果然，連花生油都沒有，就是乾乾的炒飯，放點鹽了事。

那天中午，我沒有在教室裡吃便當，一個人躲在大禮堂的角落裡，想念父親，擔憂家裡面臨的嚴苛現況，噙著強忍住的淚水，硬是把一盒難以下嚥的炒飯吃進了肚子。當晚回家，當然還是同樣的無油無蛋的蛋炒飯，大姐誇張的說，她當天的便當，第一個被同學搶食而光，包括母親在內，我們都心知肚明，大姐扯的善意謊言，著實有點誇張；但是，想到《國語日報》曾經連載的《我們六個》連環漫畫裡，不也是跟我家一樣，只要家人團結一條心，再大的困難也能無災的跨越，瞬間，我覺得碗裡的無蛋炒飯，比較中午的便當，要可口上千倍萬倍。

等到北上念書，偶爾呼朋喚友，在租賃的宿舍裡燒菜待客，蛋炒飯是絕對拿不出手的，那多寒磣啊！就算是泡菜炒麵，都要比蛋炒飯有斤兩。如今，我反倒替那些同學友人遺憾，沒吃到我的蛋炒飯，算他們沒有口福哇！

後來，當兵回來，賴在大姐姐夫家，有吃有住，不花一毛錢，何樂不為。有天回家，過了吃飯時間，大姐要幫我炒蛋炒飯，我福至心靈，搶著要自己來。打開冰箱，發現只剩半根蔥，這哪夠啊？乾脆剁了兩顆蒜瓣，剁碎，加在炒飯裡，補添一些蔥花不足的韻味。沒想到起鍋後不得了，香到把小外甥都勾引了來，從此以後，他公然宣佈，還是舅舅的蛋炒飯最好吃。

出國在外，想念家裡的菜香，是最大的煎熬。一開始，顧念身上的盤纏不夠，每要花上一塊錢，都在心中千折百轉，想盡辦法的要省下任何一分錢。某次在老留學生口中得知，日本賣肉的專賣店裡，有裝好在塑膠瓶子的豬油，日本人基本上不碰，所以既便宜，又合算。我聽了非常雀躍，立馬去買了兩瓶，放在自垃圾站撿回來的小冰箱裡。每當發現肚裡的油水不夠了，就慷慨的買回來一盒雞蛋，一包蔥，一顆蒜頭（日本的蒜頭真是賊貴啊）。

先將豬油在熱鍋裡溶解加熱，倒進打散的蛋汁，金黃色的，如夢幻般的色相，瞬間膨脹鼓大，所有的愁苦都被擠出了空氣；四個半榻榻米的空間，瀰漫成一所幸福無邊的夢幻國度。繼之取出冰箱裡結成硬塊的剩飯，先不急；取出炒好壓碎的雞蛋後，將剩飯倒進尚存有薄油的鍋裡，添上三分之一碗的熱水，悶上兩分鐘，等到米飯變回原先各自獨立的顆粒後，倒入炒好的雞蛋，依序先放進切碎的蒜頭，淋上一點著色的醬油，再加上些許鹽與蔥花，拌炒三十秒，撒上些許白胡椒粉，便算大功告成。每每，吞食了一海碗的蛋炒飯後，我的鄉愁，也隨著肚滿腸肥的當下，如自動門一般的偃兵息鼓，不再相擾。

如今，為了遵從醫生的囑咐，不得過胖，我只好白天補給澱粉類的主食，晚餐則盡量不碰米麵。老實說，晚飯桌上，每每對蛋炒飯還是萬分想念。

日前，好友宴請著名的點心餐廳，幾乎每樣點心都極為美味可口；我自始便打定主意，當晚要放大假，任何含有澱粉的點心，一樣都不放過。等到最後，蛋炒飯上桌時，我那已然爆滿的肚子，當然是抵擋不住大腦發出的「衝鋒」命令；縱然其他的客人都已放下了碗筷，我卻是萬難罷休！起先是一小口，細嚼慢嚥，真有點撐足的不適感，但是，一旦補上一塊醃製的蘿蔔干入口後，原先已然奄奄一息的食慾外加嗅覺、味覺，頓時宣告復活；滿滿一碗的蛋炒飯，唏哩呼嚕的全都趕進了喉嚨、食道、胃。

隔日上午，剛起床的我，別說是站上磅秤了，就算是置放磅秤的角落，我連眼神都有所忌諱，絕不投看一眼。

蛋炒飯因人而異，有各種做法。有的人不愛蔥的嗆味，炒出沒有蔥花的蛋炒飯；有的將蛋汁直接勾在鍋裡的飯粒上，食來別有不同的風味；有的會選擇在來米，取代蓬萊米；有的乾脆獨愛蛋包飯，配上艷紅的番茄醬。所謂個人滋味個人愛，這是天經地義的事。

在我眼裡，蛋炒飯像是一個樸素清爽，臉上點著似有似無雀斑的妙齡村姑。單純是她獨有的特色，如果加上蝦仁，美其名是增添了她的質感與價值，其實就是在村姑臉上抹了癡紅的胭脂，不獨煞盡了風景，也讓人不忍卒睹。

我愛蛋炒飯的獨有香味、口感。那是嚐盡了人世滄桑後，只需獨自面對單個的一具碗或盤，將她視為寰宇裡僅有的紅顏，不要任何配菜，便能篤定又自在的陶醉其間，渾然忘我。

我家的年終大事紀

為了迎新，肯定是要先行送舊，這是農曆年前的一樁大事。母親一旦宣佈某日要全家總動員，大掃除，就代表年關真要近了。

年終大掃除，無論是住家、辦公室，甚至身心，都得做足準備，裡外煥然一新，否則霉運還要走上一年，那還了得？

撣塵之外，當然是清洗啦！從門窗，地板，洗到床褥、窗簾一樣都不准漏掉。

頭上綁上毛巾，掃把綁在竹竿上，仰著頭清除橫梁上的蜘蛛網與堆積一年的塵垢，是項大工程，一個不小心，飛揚落下的塵土矇到眼睛，那可不好玩。

舊時的眷村，克難，地板是水泥糊的，只要撒層水，彷彿就除了灰塵，說它新，就能算是新的。紗窗與玻璃窗，前者最髒，先用乾抹布拍掉灰塵，再以溼抹布浸滿肥皂水，使盡力氣的擦洗一遍，然後伺候上水管的水柱；等到母親如值星官來巡視檢查，萬一不及格，還要再來一次。雖是冬天，冷水將雙手與腳丫凍得發紅，可是好玩啊，天底下哪個孩子不愛玩水？

廖家雜貨鋪賒的帳，怎可不清掉？

廖伯伯與廖媽媽，加上他們的兒子，生就一張圓滾滾的臉，若是從面相來看，不愁吃穿自是無話可說。只不過，每回去賒鹽、糖、罐頭，都期待是廖伯伯顧店，他是唯一給賒帳人好臉色看的好人。也唯有年底去廖家還錢銷帳，是我愛跑的工作。畢竟，黑板上，我家那一行，長到要拐彎的債務，像是螞蟻搬家，連線到刺眼的地步；一旦核對無誤，一手交錢，一手將黑板上的螞蟻抹掉，那才是年終大掃除，最有成就感的一刻。

年前這段時日，母親特別來得焦慮，或許家中裡裡外外有太多的事，都得由家庭主婦統一管控，平日已然是急性子的母親，變得更為浮躁易怒。我每每說錯一句話，甚至一個字，例如「餓死了」、「那電影難看死了」都要招來母親的怒目相視；如果與她保有一段安全距離，遭不到她的一記回魂霹靂掌，她會直著嗓門，要我抓一把草紙（以前沒有柔柔的衛生紙），擦擦我那髒嘴。

父親則是專心清理他所負責的那部交通車。

軍用交通車是由帆布包頂的。夏日將帆布捲起，雖有烈日蒸烤，但行進間，清風拂面，還是不錯的。一到冬天或是雨天，帆布自然是要將整個空間包裹起來。車廂裡是面對面，一排長椅，人若多了，就得站著，要彎著腰，連背都伸不直。

父親對他的那輛交通車至為深情。由輪胎的清洗、打蠟開始，到帆布的沖洗全都一人搞定，絕不假手他人。平日不多話的父親，此時更是沈默，見他爬上爬下，只聽到他忙碌的氣喘吁吁；就算每一段落抽根菸休息，他也總是一手夾著菸，一手仍不歇息地找到一支撐點，不是蹲就是趴，左右上下端詳那寶貝車子，是否有哪一處不夠透亮，哪一處還沾有油漬。我在猜，父親將他掌管的交通車，當做日奔千里的寶馬良駒，難怪他老喜歡帶著我去看騎著白馬的紅番與白人打仗的電影。

雖然大大小小都忙到不可開交，我唯獨最怕忙到留出空檔，母親要算總帳。

母親不識字，從不過問我的功課與成績單，但她的記性好，每每以她的鳳眼冷冷的看我，我就知道，慘了！她要翻我這一年的舊帳了。她愛面子，經常叮囑我，我們家窮，父親又沒有官階，但是孩子不能不爭氣；偏偏我是家中唯一的男孩，平日頑皮，惹禍不斷，這些事，她全記在心裡，趁著年底，一次清理，零存整付。她下手很重，無論用掃帚夯我，或是擰我的耳朵，那種疼痛，像是「地藏經」裡的地獄實況轉播，就算我忍住不掉眼淚，但是徹骨扯筋的皮肉之苦，哪怕想要求饒都發不出聲音。

離家到台北唸書後，回家過年像是過客；或許是兒子長大了，或許是母親年歲也增長了，她對待我的態度有所改變，口口聲聲的說，年紀大了，再也生不出第二個兒子，要好好在意這唯一的兒子了。忽然有一年，我發現母親向左鄰右舍的婆婆媽媽看齊，不但要拜土地公，要拜天公，各種祭拜用的雞鴨魚肉、香燭紙錢都有講究。我向老天借了膽，故意笑話她，越來越迷信，為何以前都沒有這一套？她頂多白我一眼，扔下一句「放你媽的＊」，還是我行我素的，在年前把自己忙到昏天暗地，一天起碼要騎摩托車跑菜場好幾趟。

父親越老越沉著，見到母親忙進忙出，他穩坐在沙發上，看他的電視摔角節目。頂多會叮囑母親買了大芥菜沒？這是他最愛的一道年菜。母親打開廚房的門，指著地上一堆堆的芥菜，沒好氣的說，大老爺！請自己看一看。

不知自何時起，醃製臘肉香腸一事，已然自吾家年前的大事紀中遭到刪除。母親說，大家都不愛吃，嫌味道太鹹，不健康，乾脆就不做了。頂多，在菜場買點回來應個景拉倒。

年過一年，父母越發的年老不說，父親的提前離席，也讓母親準備過年的活力與熱度漸次平息。年前的打掃，她只是開口，全都交給妹妹與外勞，不再親臨現場督陣。不過，她早早在兩個月前，就去餐廳訂菜，年前將冰箱塞得滿滿的，說是拜祖先拜神仙就不用費心。

客廳的茶几底下，櫥櫃抽屜，乃至飯桌上，也還是我家的一級戰區，所有的糖果、麻花、餅乾、瓜子、花生、桂圓、年糕、蘿蔔糕、炸魚、雞鴨，都滿滿的列隊站妥。母親對於年貨的關心，原來還是有所堅持，雖說有一大半都會在年後扔掉。我難免對此有所微詞，老婆與大妹都豎起食指，要我閉嘴，就怕我讓母親在年前氣惱，壞了她一年的心情，萬一碰到任何不如意的事，都要怪罪沒讓她過上一個好年。

我當然是沒事好做，頂多自行到超市買點材料，在除夕當天做上一盆什錦年菜，煎好一盤蛋餃，滷一鍋滷菜。只是，廚房地上那一堆堆的芥菜，不用母親開口，已然提醒著我，除了芥菜燉湯以外，還有一道燂菜，是刻意要為亡父準備的，沒有這菜上桌，母親是絕不會舉香祭祖，祭我老爸的。

年復一年，歲歲年年，便是如此來去。

年前的喧囂忙碌，也像是人生的前半，停不下來；一旦進入大年初一，倦勤與休養放慢了所有的節奏與步調，就如同人們生命的下半場，只有嗟嘆，只有回顧。

生日當然要快樂

基本上，我不過生日。

這是有故事的。

小時候，非常在乎一年只有一次的生日，貪圖的是母親給的兩顆水煮蛋。也因此學會看日曆，由陰曆的排序上，我知道，該年的生日是陽曆的某月某日。然後慢慢長大，拿到身分證，進一步得知，身分證的日期不算我的生日，要看陰曆，因為，母親只在乎陰曆。

等到上了學，碰到的人多了，知道每個人的生日都不一樣。其中有一位同學與我同年同月，日子只差一天，但就是喬不攏彼此陰曆與陽曆偏差的一天。一陣爭辯後，他的結論是，他的父親只記陽曆，以此推論，我的戶口報錯了，肯定是提前了一天。

管他的，我說；我只記得陰曆就好，四月四日，管它陽曆是哪一天。

只因家窮，生日的兩個水煮蛋，已經是莫大的恩惠；成長過程裡，我家沒有生日蛋糕出現過。一直到了高中畢業，單身到台北唸補習班。一天，接到妹妹代母親寫來的信，叮囑我，某日是我的二十歲生日，不要太省，記得去吃一碗豬腳麵，替自己慶祝一下。

二十歲是個什麼概念？成人了，不是無憂無慮的孩子了，該懂事了，該有自理能力了，也該對自己的人生負責了。

是晚，我獨自走到師大後門，食肆林立的小吃街；左轉右彎數遍，始終無法下定決心，走進那間人氣最旺的麵店，狠狠的嗑上一碗十塊錢的豬腳麵。最後，腿痠了，不想再猶疑，摸了摸口袋裡的銅板，咬緊牙關，進門就鐵了心腸的點了一碗牛肉湯麵加滷蛋，合計六元；這就是成年的我，對自己負責的第一步。

進了世新，進了合唱團，一團幾十個男男女女的團員，結上了有如兄弟姐妹般的情誼。某天，幾個團友起哄，要替我過生日，條件是要我煮一桌好吃的菜請大家。愛現的我，生日一大早，趕到中央市場大肆採購，憑藉著對母親手藝的記憶，和餡子煎蛋餃，大鍋滷上牛腱豆乾加海帶與雞蛋，燴海鮮，蔥爆蝦、素什錦，整整忙了一天。等到上席了，這群壞蛋輪番猛攻，空著肚子的我，兩三下就醉倒不省人事；結果，他們旁若無人地在我的宿舍，掃空了所有食物，洗乾淨了所有碗盤，把帶來的奶油蛋糕點滴不留，最後揚長而去。害了半夜酒醒的我，餓到差點要去房東王媽媽的廚房，把她家冰箱的剩飯剩菜挖出來。

回頭望去，這是我這一生嗨上天難得的生日趴。在日本前後十二年，每天忙著工作與學業，經常忘記身邊瑣事，生日似乎與我沒有什麼特殊關連。

我慢慢覺察到，其實，我不愛過生日。是靦腆？是害臊？或許都有吧？在人前唱生日快樂歌，切蛋糕，總是十分彆扭，萬分不自在，像是一盞火亮的聚光燈打在你臉上，纖毫畢露，無處隱藏，就連擠出來的笑容都扯著臉皮，繃得難受。

偶然間聽到朋友提及，父母在不過生日，立即深獲我心！

父母年輕時，遭逢戰火的洗禮，離鄉背井的來到台灣，與大陸的親人一刀切斷，數十年間無法往還；無奈的在台灣安身立命，繁衍後代。他們所吃的苦頭，何止是罄竹難書？如果真要為自己慶祝生日，還不如在他們的有生之年，好好伺奉他們，讓他們享享清福，嚐嚐天倫之樂的美味。

父親的六十大壽，我適巧準備遠去日本，便依循這個藉口，邀請父母由台中北上，在台北的一間餐廳，席開數桌，將走得近的友人呼喚過來，一同歡聚一堂。是晚，一向低調的父親，難得的開心起來，喝了不少壽酒。我一直感謝那些好友，幫我撐足了場面，留給父親一個歡喜的回憶。

時隔數十年，偶然間，昔日世新合唱團的團友們，再次聚首，每週集合練唱，人數逐漸增多，彼此的情感也再次升溫，都十分珍惜重新聚攏唱歌的好因緣。每個月，也都藉由練唱的機會，辦有一場生日趴。

那一年，父親連續幾次小中風，加上小腦逐漸萎縮，經常醫院與家裡兩邊跑。我每個週末趕回台中，雖然已經無法帶他出門打牙祭，但看到插著鼻胃管的他，紅潤著一張臉，一口口的呼吸著，就算無法言語，對我來說，也算是某種沛然而生的安心力量。

某個星期四晚上，走進練唱教室，發現裡面的氣氛有點蹊蹺，但不以為意。等到中場休息，團友端出蛋糕，拉開生日快樂的布簾，我心中暗叫一聲不妙，然而，又如何去拂逆團友們的美意呢？站在台前的我，感謝大家的盛情之餘，還是重複了一句話，父母在，不宜過生日。話雖如此，練完唱後，大夥兒還是起哄要去吃宵夜；還沒上電梯，我的手機響了，老婆跟我說，父親病危，我們必續立刻趕回台中。

匆忙間，我只向團友交代一聲，就攔了一部計程車，趕回家裡，與老婆、大姐會合。

高速公路上，我們誰都不跟誰說話，沈浸在自己倉皇不定的心緒中。我甚至有些懊惱，為何父親偏偏選中了這一天，打算撇下我們。

我們在午夜過後，趕到了醫院，二姐與大妹都守在父親身側。二姐附耳跟我說，醫生交代，父親應該捱不到天亮。

我坐在父親床邊，盯著機器不停跳動的數字。一度，姐夫建議，父親看來穩定，不如先回家休息一下，但是我們誰都沒有附議。沒過多久，父親心跳的數字開始緩緩下降，每看那阿拉伯數字往下一跳，我就緊張到毛髮豎立，全身僵硬。終於，那一刻還是到來！

生日，出生之日，的確不容易！能夠健康無難的離開母親身體，用力地開始呼吸，面對屬於自己的哀樂人生，這是生之喜，也是所有煩惱苦難之始。誰能完全預言得了，自己的人生劇本，是善終？是悲結？

如今，陰曆的那一天到來了，老婆只是輕聲說聲生日快樂（她也不愛過生日）就如常的過日子，該做啥，就做啥。下午，若有友人不知情的問我，晚上有事沒？小聚一下如何？我會欣然接受；甚至，會打電話給另一個單身朋友，說是臨時有局，要應否？如果對方說是懶得出門，我亦稱諾，沒有一絲勉強。

如是這般，生日生日，生日當然要快樂；生下來的每一日，都要開懷慶幸：慶幸得以一口口的呼吸，慶幸一念念的清楚明白，慶幸還能吃還能睡還能笑還能哭。

男兒有淚當盡彈

小時候，走路絆倒，膝蓋破皮，血絲瞬間往外奔流；有點嚇到了，張嘴要哭，多少也想博得大人的關懷與留意；偏偏，圍在一圈聊得正火的媽媽群裡，隔壁的李媽媽，以她獨特且極度共鳴的山東腔精神喊話道：「大男娃，跌倒了就爬起來，不准哭。」於是，眼淚瞬間如服從的阿兵哥，縮回腳步，只能在眼眶裡打轉，就是流不到臉皮去。

沒錯！男生不准哭！

慢慢的，開始長大了。總有大哥哥領頭，上山下河，英勇大氣，都像電視影集《勇士們》的班兵一樣，就算跌倒摔傷，不但不哭，還會刻意地呲牙裂嘴，想必是比哭還難看的笑容；甚至還會比較彼此的傷疤，誰的比較大誰的比較深。有一回，兵分兩路，打棒球，球是紅藍相間的塑膠球，棒子是由學校偷回來的椅子木板（老師打人最痛的道具）。一個大哥哥飛出了又高又遠的全壘打，大概太得意了，將手中棒子往後用力一甩，剛好擊中捕手的臉部（當然沒有護具保護）。捕手哥哥慘叫一聲，雙手摀住臉面，一道血絲，由他的手縫裡流出，而他，硬是沒哭。

眷村裡的叔叔伯伯們，當然都是英雄好漢，就連穿軍服的阿姨嬸嬸們，也都是巾幗英雄，帥氣堅強。他們，都是超酷的鋼鐵人，絕對不會哭。

如是這般，男兒有淚不輕彈，早早就被灌輸到我小小的腦袋裡，絕對不能大意失守。

我自小大概就有某種過動症，停不下來不說，老要牽扯出一堆麻煩，就像是束手就擒的送去給母親修理。往往，某家有事，左鄰右舍都要趕過來，關懷是好聽，看熱鬧或許才是真意。於是，母親下手越狠，我的牙關咬得就越緊；我只能幻想，自己是忠貞不二的革命軍人，不慎被共黨惡徒抓獲，屈打如何得以成招？就是不哭，就是不討饒，就是要擺出正義凜然的大無畏神情，不讓村裡的小夥伴看扁了我。

及至多年過去，母親才透露心聲：「誰叫你不逃跑，也不哭喊，不認錯？你越是不哭，就表示你越是不服教，這還得了？不往死處打，以後長大不就成了殺人放火的土匪？」瞧！不哭，還真是討打討罰，淪落到悲慘無盡的無間地獄。

想想也是，在我成長的那個年代，不要說是看不到大人眼紅流淚，就算是國產片、西部片的電影裡，流淚啼哭的都是小屁孩以及老太太的專利（就連老頭兒都是不哭的）。

我卻親眼目睹了父親醉後痛哭的一幕。

據說我那不曾見過的爺爺，每天睜開眼就要喝酒；父親雖不至於如此，但是每天中午，開了交通車回家，當他忙著烹煮中飯時，總會要我到村子上頭的雜貨店，打回來零賣的太白酒；我總是等到父親吃飽喝足，在床上午睡的當下，偷偷伸手到他掛在床頭的長褲口袋裡，摸個五毛錢出來。

老實說，我不喜歡父親喝酒。每回喝酒，母親總要跟他吵架；平日沈默寡言的父親，喝了酒後，整張臉通紅不說，眼裡也全是血絲，彷彿有滿腹的牢騷無法清除，較平日更是沈鬱寡歡。

某次中秋節吧，父親當然是喝酒了，母親難得沒有阻攔，畢竟是過節，沒有兩杯酒，總沒個過節的氣氛。喝著喝著，父親過量了，母親把他扶進了臥房。隨後，母親要我端個臉盆到臥房去，看樣子，父親可能要吐。

我當然知道那個當下，家裡流蕩的氣氛有些詭異，大人嘴裡不說，我倒察覺出某種不穩定的因子在發酵著。於是，我端著臉盆進去，就放在床頭的地上，正想跟父親叮嚀一聲，卻駭然的聽到父親在哭。

父親的哭泣，當然不是我輩的潑灑，他是悶在喉嚨裡的，像是悶雷，吼吼堵在嘴與拳頭之間；雖說父親是背對著我，但我就是知道，他極度痛苦且傷心。我正想輕手輕腳的出去，竟然自父親低聲飲泣聲中，聽到他明顯的呼喚著：媽、媽呀。

我的世界瞬間傾塌！

在兒子眼裡，父親就是天，天怎可示弱？天怎可羸弱哭泣？

在滿屋子酒氣的臥房裡，我恨透了酒；都是因為酒，讓我的天無情崩垮。我也才知道，自古英雄不能碰酒，多少戲劇演義裡，酒就是誤事的毒藥。

等到我念了大學，出了社會，進一步得知，大人世界為何少不了酒；酒固然可以解乏，活絡同儕的情感，但是酒可以弱化意志，酒也是某種催淚彈，會徹底瓦解心理防線。

等到年紀逐漸往上累積，就越發的同情父親那一輩的叔伯；戰亂與家亡，不但讓他們殘破的心神無法修補，就連哭泣都成了大不諱的符咒。

如今，自己也已進入視茫茫，齒動搖的人生後段班；但說也奇怪，淚腺也跟著鬆垮下墜，如二戰的法國馬其諾防線，中看不中用了，只要稍一不慎，淚堤便要潰散解體，莫能禦之！或許，兒時堆砌出的堅忍孤絕城樓，數十年下來，已經不起風霜雪雨的淘洗，漸次風化凋落，無以為繼。

大約五年前，第一次與自閉症鋼琴家李尚軒見面。當天，我由左營高鐵站下車，到了高雄市政府裡面的一個便利店外圍，自成一小型的休息區；尚軒非常自在且放鬆地彈著鋼琴，我也與在座的尚軒媽媽打了聲招呼。

或許是尚軒指尖流淌出的樂音使然，或許是尚軒大師般沈湎在琴聲裡的寫意表情，或許是尚軒媽媽眉眼間突出的堅忍意識與嘴角勾勒出的好強斑痕，總之，支撐我內心的某一根石柱，忽然因此傾斜，一股巨大的崩解力道，將我的理智防線摧枯拉朽般的一扯而塌；我有如隻身置於洪荒絕境的心慌孩兒，眼淚恣意奔流不說，如果不是用手帕堵住嘴巴，我怕要哭到嗷嗷出聲，驚遍全場。

事後，做了自我分析。我在那段時日，遭到了過往不曾遇訪過的巨大挫折，不僅人際關係分崩離析，百口莫辯的冤屈也無處吐訴，因而疊落下來的壓力，囤積成數噸以上的黃色炸藥，需要的只是引爆的一丁點星星之火而已。那個當下，我的確感悟到尚軒背後，有無數培育他，不放棄他的父母、師長、親友們，匯聚成的浩大力度；也就是那份感知的觸動、點燃了導火線。因此，轟然一聲，如七級大地震般，震垮了我已然虛空無力的魂魄，也釋放了囚禁多時的偽裝防禦；隨著這股眼淚沖刷出的土石流，一瀉千里，注入無極無邊的天際穹蒼。

我的憂鬱情結，因為這石破天驚的用力大哭，清潔出一片陽光灑淨的肥田沃土；整頓過後，自然得以重新播種栽苗，收成有喜出望外的瓜棗蔬果。

是故，「男兒有淚不輕彈」這句乘載著千斤重擔的千古明訓，經過我花費了這一生經歷的洗滌檢視，已然有了不同的詮釋。你可以說我老番顛，也可以斥我不知長進，但是我確實覺察，適度的開放心防，軟化淚腺裡的結石，對於梳理情緒，健康心性，真的比百解憂還見效力。

如果可以，男性讀者們！請大聲跟我唸一遍：「男兒有淚當盡彈！」

忍字頭上一把刀

我一向欽佩不起嗔心的人。

人的習性真像個無底洞，累劫累世攢積下來的殘絹敗絮，蒙承了千呎萬丈的塵垢，一旦震動搖晃，肯定是要激起漫天污屑，瞬間灰頭土臉，不復人形。

人，如何得以平心靜氣，堅守一顆不受外境影響的心，不帶一絲火氣，不動一點肝火地處理紅塵裡惱人的繁瑣事務？這還真不是件容易的事。

知子莫若父。

沈默寡言的父親，或許生來就不多話，或許是生活的重擔將他表達心境的本能也壓迫到接近失語的絕境。記憶中，父親私下與我的對話，兩隻手都算不滿，其中最為深刻有力的就是這句：「忍字頭上一把刀。」

那是我前往台北讀世新的前夕，父親眼見羽翼即將豐滿的兒子要離巢，就是這麼一句話，交代了他對我所有的祝福與期待。

父親一生的修為，就是他的嘴了。母親每每為了柴米油鹽，乃至父親的愛酒以及薪水單裡少了一張票子，與父親人起干戈。母親連環炮似的搶白與責罵，父親根本毫無招架的能力。某次，舊戲重演，母親一個勁地撲向父親，父親本能的一擋，母親跌倒在地，這下更是不得了，母親狂哭不說，扯斷了肝腸似的大罵：「張毓成啊！你這個沒良心的東西，當初你是怎麼答應我媽的？我媽說，小慶子年紀小，你要好好對她，你自己說你究竟是不是人？」父親鐵青著一張臉，兩隻手不知如何置放，就像是被灌注了水泥，硬邦邦地杵在原地，文風不動。

作為子女的我們五個都知道，父親這一生便是母親的守護神。

對我不熟悉的朋友，都認為我是個好說話的好好先生，其實不然。

我知道自己的紅線在哪裡，只要一個不當心，瞬間就要火燒功德林；雖不致於將衣衫掙破，但也可以充當小號的綠巨人浩克了！

要我發怒倒也容易，舉凡遇見不公不義的人與事，亂下罪名的羅致誣賴，言語或態度的霸凌與羞辱等等，都能輕易的讓我抱著一個熱烘烘的腦袋，分不清東南西北，說不明ㄓ、ㄔ、ㄕ、ㄖ，如一支點燃欲炸的沖天炮。

三十餘年前，任職於報社駐日記者，一位較我年長的同事，對我非常照顧，只要是他吩咐的事，我也絕不打折扣的湧泉以報。後來，他與另一位走得近的同業，因故反目，他便明言，不准我與那位同業往來；我苦惱地回答他，我與那位同業住在同一大樓的樓上樓下，如何得以不相往來？是否可以朋友各交各的呢？沒想到，他當場勃然大怒，自此視我為陌路人，不但不跟我說話，就算接到找我的電話，也只是碰然地將電話放在桌上。逐漸的，我忍受不住了，那種看不到形影的霸凌，讓我視上班為畏途，只要一進辦公室就要呼吸困難，一心覺得日子真過不下去了。總之，在某個萬念俱灰的夜晚，我被徹底地激怒了，寧願放棄報社對我的信任以及好不容易調升的薪水，決意辭職，離開那所讓我哭訴無門的辦公室。

有些熟知我的朋友，再三勸阻，甚至建議許多方法，要我不可因為賭氣而斷了大好前程。只不過，許多苦處，無法一一道出，就連遠在台北的報社，也都有難堪的屈辱無端的加到我頭上啊。

果不其然，此一因為嗔心所帶來的變故，讓我在後來兩、三年的東京歲月裡，吃足了苦頭。如今回頭看，當時的我根本將父親的叮嚀拋到了九霄雲外；何謂「忍字頭上一把刀」？我只是一心要將困境一刀兩斷罷了！

最讓我後悔懊惱的是某次大陸的外景拍攝，兩位外聘的司機，雖說提前完成拍攝工作，而不肯取消多餘的收費，我也就算了，但是，最後居然藉口路途不熟，不肯將主持人的行李送到另一家飯店。或許是真的累了，或許是司機的態度觸動了我的某條紅線，我當場發飆，不顧飯店進出不斷的客人，有如浩克上身般，扯大了喉嚨，破口大罵那兩個司機。

回台的路上，我非常沮喪，畢竟，在軍中開交通車的父親身上，自小便看多了人情冷暖，因而特別在意從事這份職業的駕駛，往往都會多付些小費，多一份噓寒問暖，卻為何為了點小事，在異地對他們如此張狂地發火，甚至怒言相向？

報應來得也是時候，回來沒多久，我就發現健康有了變化，心臟的不適，不也與嗔心大發有關？

時至今日，日常生活中，只要一個不當心，也要犯錯。

好友羽書住家的巷口，有家燒烤店，物美價錢也公道，我們經常過去消費。某天，一對好友夫婦自大陸歸來，我就約了他們在該燒烤店聚會。等到點好菜，發現吃素的友人菜色不足，就趕緊跑到櫃檯，向熟識的服務人員追加兩道菜，沒想到那位服務小姐的臉一沉，大聲地回我，你現在不要跟我說話，我摸摸鼻子，心想，不知道是誰惹火了她；不過，才走了兩步，我的無名火猛然燒起，立刻回頭指責她，為何以如此無禮的態度面對客人？於是，我下令無辜的友人馬上就撤，一秒鐘都不願留在該店。

雖然換了餐廳，但是加諸給朋友的尷尬，一時也無法立即消融，彼此有一搭沒一搭地食之無味。此時，我的手機有了反應，燒烤店的服務員傳來簡訊，向我道歉。朋友問我怎麼了？我輕描淡寫的略為說明；朋友也說，該餐廳的管理肯定有問題，內部員工的矛盾若不解決，營業難以長久。

我卻是開始坐立難安。心想，我是否過於小題大作了？或許她們內部的確有問題，誰叫我選了個最糟的時間點，去觸發了服務生的嗔心？於是，我也發了簡訊回了那位服務生：很抱歉，身為一個佛教徒，我也缺乏同理心，沒有體諒她在職場碰到的挫折。

沒過太久，羽書說，那間燒烤店果然關門了。我多少覺得有點遺憾，畢竟，那家店還是不錯的。

嗔心，或許也是掀掉那間餐廳的罪魁禍首吧？

「忍字頭上一把刀」是父親難得教給我的人生祕笈，回顧這大半生，不但沒有奉為圭臬，反而經常隨性行事，只為貪圖那伸出脖子只是一刀的痛快。往往，痛完了，心明了，也才會察覺到嘴裡、心頭所泛出的苦澀，那豈是後悔兩字得以說得清楚？

變調的人間四月天

繁花似錦，生命盎然的人間四月天，因為新型冠狀肺炎而徹底變調。對我來說，最為在意的不是早已安排的日本賞櫻行作罷，反倒是與爺爺奶奶一年一會的約定被迫取消，令我十分介懷。

我與爺爺奶奶的緣分極淺，不要說是在他們的懷裡磨蹭，就連一面都未曾見過。我在台灣出生的，爺爺奶奶留在大陸，我的父親是軍人。同樣的，我也沒有見過外公與外婆。

幼時因為太過頑皮，經常受到母親的體罰，每每被打到哀哀叫了，就開始憤憤不平：為何我沒有爺爺奶奶？如果爺爺奶奶在身邊，我肯定會有靠山，必然可以躲在爺爺奶奶懷裡，少掉許多皮肉之痛。

等到一九八二年，我二十九歲那年，離開台灣，跑到日本去冒險，雖然台灣尚未解嚴，進出桃園機場要蓋上好多個章，可是我的心底有個聲音，堅決且底定：我要帶著父母由東京偷偷前進大陸省親，雖然奶奶、公公、婆婆都已經不在，可是爺爺還在啊！

雖說世間無難事，我的心願最終卻只完成了一半，爺爺在我抵達東京的那一年，因摔跤而驟逝；我收到舅舅的來信，黑夜裡，隻身躲在船橋車站的公用電話亭裡，將此一訃告通知台灣的父母；然後蹲在地上，嚎啕大哭，懊惱著來不及了！來不及去拜見爺爺了。

後來終於等到這一天，陪同父母回到安徽滁州（以前的身分證註記的籍貫是安徽省滁縣）的老家，只有一個目的，向祖墳裡的爺爺奶奶三跪九叩。

走在鄉間田埂路上的父親出奇的冷靜，連一滴眼淚都沒掉；或許，艱苦奉養爺爺至老至終的小姑姑，沿途哀號大哭的一幕，已讓父親心中的哀傷，更是深深的沈墜到內心裡那個幽黑瞿暗，不見天日的黑洞裡，連一記撲通的回聲，都難以爬升上來。

大陸開放後，經濟急速起飛，土地變成官商之間微妙且緊要的媒介。有一天，接到小姑姑的信息，安徽老家要整個被剷除，就連祖墳都要移走；待我忙完手邊的事，趕到老家，原先一片祥和綠意的農村景象，已成了荒土遍野的大工地。村裡的書記沒好氣的說，如果不是念在我為台胞，早就一輛推土機，把我家的祖墳剷平了。

依照規定，我可以獲取三千人民幣的祖墳拆遷補償，但是，卻要另付五千人民幣，轉葬到另一個集中墳區。等到我趕到新的墳區一看，不禁傻眼，那墳區緊緊靠在鐵道旁，每天必須與來去穿梭，地撼天搖的火車為伍，這哪行？我怎能容忍爺爺奶奶屈就在如此惡劣的環境裡？

懂得地理風水的好友葉佳麟老師於此時跳了出來，他慨然一拍胸部，不但自告奮勇地要幫我替爺爺奶奶尋找合適的墳地，還請動了他的恩師林榮良親自出馬。於是，佳麟老師與林老師跟著我飛到南京，無視小姑姑等親戚的疑慮，開始尋找墳地。

表妹夫小沈適巧放大假，成了現成的司機，每天駕著車子，陪同我們上山下河，四處看地。走著走著，才發現安徽省已成了一片巨大無邊的建設特區，許多公設的墳場，都在拆遷不說，就連一片片的農村聚落，都成了一簇簇的瓦礫與廢土；看來，中國大陸這一步改革開放，還真的是玩得徹底。

只因爺爺奶奶的遺骨已經裝罈備遷，必須立即安厝，我們在短短的兩週內，卻是處處碰壁。林老師建議，不妨臨時在一林子裡，尋得臨時暫厝的地方，等到吉地出現，再行遷葬。

硬著頭皮，我前往林子裡一農舍打探。農舍的老先生見到我，立馬招手要我進去坐，我才要開口，他就倒了杯水給我，說是先別說了，先喝口水；其實，他見我們幾個在林子裡逛了許久，顯然已經知道我們的來意。等到我據實說明，他指了指門前院子邊上的空地，願意提供給我應急。只是，他好心叮嚀，他家早晚也會被迫拆遷，如果可以，最好在兩、三年裡搞定。我點頭如搗蒜，心中頻頻唸著佛祖的聖號。

我叮嚀了滁州的親戚，沒事就帶些糖果餅乾菸酒過去，幫我做做人情。那農舍的老夫妻，非常溫和，平日去菜場賣賣自己種的蔬果，也幫著照顧年幼的孫兒孫女。

只因牽絆的雜事太多，自那以後，又拖了近乎一年，才再次與林老師、佳麟出門，飛往南京（南京與滁州只隔了個長江大橋）。

林老師與佳麟每晚在網上做功課，穿梭於地圖上的山林川原，才好決定次日得以探訪的地點。我們越找越遠，每天都要勞累小沈駕車開上好幾百公里的路程。有一回，小沈居然偷偷跟我說，這林老師與佳麟老師真的有好幾把刷子，連他這門外漢都察覺出，所謂風水這門學問，還真是博大精深。

漸漸的，我失去了耐性，很想在南京近郊的墓園，找個地方安置二老就成了。不過，佳麟好意勸解我，既然已經找了，就持續盡力吧，不要哪天後悔就來不及了。

皇天不負苦心人，我們終於在距離南京近三百公里，一所偏遠的農村找到了合適的地點。那天，日頭已經西斜，我由一區墳堆的坡地下來，尋找一位林老師口中，當地的「土地公」（得以擺平一切瑣事的當地耆老）幫忙。遠遠的，我鎖定一位蹲在塘邊，正與一婦人聊天的中年男子。一開始，見我湊過去搭訕，他不太理睬，明著就是對我這外地人懷有戒心；我當時只恨自己不抽菸，如果先遞上一根菸，也許氣氛就會不同。

這位開卡車營生的大哥畢竟是位見過世面的善心人士，被我磨得沒法子了，終於點頭，願意帶我去村子裡求請一位耆老，不過也明言，如果耆老不願意，我最好就死了這條心。

萬萬想不到，土地公見到我，聽我來意，二話不說，站起來就帶著我去找負責耕種那塊地的農民，且當場就拍板付錢。走在田間的小路，我不斷向土地公道謝，土地公跟我說，人在社會上走動，誰都會碰到一些難題，能力範圍裡幫點小忙，也是天經地義的事。

一切，包括挖地建墳，就如此順風順水的在兩、三天裡飛快進行，我居然就替爺爺奶奶建好理想的新家了。沒料到，遷墳的當天，祖墳在我們上方的幾位農民，開著拖拉機，氣勢洶洶地跑來惹事，當場與土地公大吵特吵，險些動了手不說，對方還扔下恐嚇的警告。幸好咱的土地公也不好惹，他扯著喉嚨大喊道，他的親戚（也就是我們）墳地，任何時間，如果發現哪裡少了一個角，哪怕是開了推土機，他也要把對方的祖墳給剷平。

最後，當然是人民幣好辦事。土地公雖然氣得鼓鼓的，當我提議花點錢，擺平此事，他還砍了一半的數字，說是不用花那麼多錢，不值！

因為爺爺奶奶，我家在安徽遙遠的鄉下，居然也多出了如此仗義的「親戚」。每年四月，清明前，我總要飛過去，替爺爺奶奶上墳，也同時走親戚。二〇一九年，腦袋撞鐘的我，竟然看錯行班，等錯了飛機，而與爺爺奶奶失約（當地人的習俗，過了清明就不適宜上墳）。今年，為了新型冠狀肺炎，再次阻隔了我向爺爺奶奶請安的年度大事。

山川遙遙，我心戚戚。

我只有在內心默禱：

土地公！感恩您常年的照顧！每年都要進貢的菸酒供品，來年一定加倍奉上！

爺爺奶奶！期待明年的四月天，油菜花黃豔豔的鋪滿大地時節，我們一定再見！

禮物，受禮就要悟

我愛禮物；人人都愛禮物。

不過，有禮當前，要受就要悟。禮物都該來之有道，不能隨意收受，尤其是吃公糧的，一個不小心，說不定就成了階下囚。

小時候，不知何時開始，學會看大人的臉色。一回，隔壁Y媽媽要給我一個紅龜糕，身旁的母親臉色一沉，用不著搖頭，我那已然伸出去的小手，立馬回收到袖子裡，哪怕Y媽媽死拉活扯，就是不敢讓她抓到我的手；雖然，我已經聞到紅龜糕裡誘人的豬油拌花生香味，那是連做夢都要嗒嘴吸口水的。

事後，偶然聽到母親說，Y媽媽給我紅龜糕是有意圖的，因為兼差做泥水匠的Y伯伯，在砌他家圍牆的時候，偷偷拐進了我家這邊好幾寸，母親已然蓄勢待發，準備叫村長來評理。母親的鼻子好像會噴火，憤憤地說，天下哪有這麼便宜的事？就憑一個紅龜糕，就想遮住那滿肚子的鬼胎？

我還是在意那個沒到手的紅龜糕。事實如此啊！大人世界的爾虞我詐，干紅龜糕什麼事啊？

等到慢慢長大，偏偏還當上了無冕王，記者。這個禮物的名堂，可就更不單純了。剛開始，還很生嫩，記者會上傻呼呼的打開裝著新聞稿的信封，愕然發現裡面躺著幾張綠花花的鈔票，片刻，呼息急促，滿臉漲紅，好似已經做了見不得人的勾當。左瞧瞧，右看看，發現那些前輩一副老神在在，司空見慣的表情，這才恍然大悟，原來這是不成文的遊戲規則，禮物，就是盡全力護航，向編輯力爭，非得讓新聞稿見報的無字契約（難怪有些記者會，連編輯一起邀請，甚至專門為編輯設席）。

只因心中的鼓聲老是不歇息，記者會後，我又偷偷地返回，將信封擲回主辦單位的信箱裡；隔天，一位資深大哥來了電話，劈頭就是一頓怒罵，要我少裝清高，難不成是嫌少？一個轉彎，又來軟的，低聲跟我解釋，行當裡，總會有些禮數，任何公司也都會有固定的預算，若是不拿，人家會計還無法出帳；人浮於世，要學著通透點，圓融點，不要害了其他人為難。

有回過年前，一位採訪對象在報社的樓下會客，我一下樓，那人將一口漂亮的咖啡色旅行箱塞進我手裡，我嚇了一大跳，甚至開始結巴；那人非常熟練，只扔下一句話，這箱子是自己做生意的現成貨品，拜託幫忙試用看看，說完就漂亮的轉身，開動沒有熄火的名牌轎車，嘎然而去。過了兩天，我順手就轉送給其他的朋友，直到數日後，才愕然想起，忘了把箱子裡那人的名片拿出來，這下還真糗大了。

最珍貴的禮物，莫過於是在人生操場的障礙跑道上，經常會有擦肩而過的師長、朋友，扶上自己一把，遞來一道鼓勵的眼神，撐起遮雨擋曬的傘，那是無條件，沒有標價的禮品；就算日後有心報答奉還，也都找不到合適的磅秤，量得出等同價值的回禮。

沒錯，與有形的禮物形成對比，我們經常省略，甚至輕忽身邊無形禮物的存在。舉凡健康的身體、雙全的父母、美滿的婚姻、賢孝的子女、順心的工作、美好的友情、和平的國家、穩定的社會，都是。也唯有在失去後，才如大夢初醒般，頓足興嘆，懊喪痛哭；只是這份彌足珍貴的禮物已經被老天收回，還想再次擁有？嗯，或許來世都不一定得以如願。

我自己當然也是過來人。

生長在物質艱困的五〇年代，我輩同齡的人，打赤腳上學；十天半個月吃不上一次肉；煉豬油的油渣是聖品，豬油、醬油拌飯是生病才吃得到；過年的新衣是學校的制服：五爪蘋果只有電影裡看得到。如今數十年過去，因為營養過剩，困坐於高血壓高尿酸高血糖高血脂的藥罐裡，唯一低落的是脆弱的心緒；這才警悟到，那個物質不是全部，心靈卻是豐饒的時代，為何就像燒毀的黑白電影膠卷，只留下刺鼻的焦味，其他的啥都不見了。

剛自世新畢業，當完一年十個月的兵，我當然是跑到台北來，每天攤開報紙，在密密麻麻的小方塊裡尋找工作。大姐與大姐夫位於大直的榮工處公寓，是包住包吃包洗衣包照應的星級飯店，我連一毛錢都不用付不說，外出飲茶下館子，付錢的永遠是大姐，除夕夜還有紅包可拿。暑假就算跟著姐夫去高速公路工程局打工，只要口袋沒錢，輕輕跟姐夫一開口，姐夫順手就將鼓鼓的皮夾塞給我。往前追溯，由高中開始，我的學費就是大姐在付，每個月時間一到，我就收到大姐的明信片，明言幾日幾點幾分，台中火車站的北上或南下月台，觀光號的第幾號車廂，等候她，在短短數十秒的停車時間裡，身為觀光號小姐的她，將該月的薪水袋交給我，奉交給母親。

這一切的一切，好似理所當然，彷若也理直氣壯，反正就是親人嘛，尤其作為弟弟的我，承接他們的照顧與好處，天經地義，有什麼好大驚小怪的？直到最近，坐在姐夫與大姐的車子裡，去大賣場買東西，由後座看去，才愕然驚覺到，大姐已然年過七十，姐夫也即將邁進八十的大關，而我，享受了數十年來無從估計的有形無形高價禮物，居然從來不曾好好向他們致謝過！

父母恩亦復如是。

年歲慢慢增加，髮蒼蒼視茫茫齒搖晃耳鳴慌，身體內的零件也是該鬆的緊不了，該寬的要搭橋。有時候難免會喟嘆，好的ＤＮＡ東躲西藏，壞的ＤＮＡ發揚光大，言來對父母總要抱怨幾聲，好似內心的不平與無明可以因此平衡一些。

家父是八十九歲走的。雖然有過幾次小中風，但不曾給子女帶來任何麻煩。八十歲出頭時，心臟科醫生診斷他的心血管，一條堵了八五％，另一條堵了九〇％，但他不肯去做支架，平日只會搓揉自己的手指頭，減低麻鈍的感受，如此而已，直到器官衰竭，在醫院裡跟隨著佛菩薩瀟灑而去。家母今年八十八，還愛去逛傳統市場，每週要燉一次紅燒豬腳，三年前做了人工膝關節後，更是愛走愛買愛按摩。

我不敢說，我的心血管疾病來自父親的遺傳（母親的心血管在醫生的口中，簡直異常的通暢無礙），因為我年輕時太操自己，太不愛惜臭皮囊，外加心浮氣躁，夢想比天高，樣樣比不上務實心定的父親。

母親有眩暈症的毛病，我幸運的中了特獎，鬧起來也讓母親煩憂到血壓爆增。母親向我道歉，說是不好的遺傳，害我受難遭苦，拼命哀求菩薩來救；我自己卻是十分清楚，我不若母親走過大時代的離亂，心性內部的創傷無藥可醫；我是自己停不下來，自認耐操耐磨，不怕環境的摧折，事實上，壓垮我的稻草無時無刻不是我盲目的施肥灌溉，自以為是的欺騙自己，以為每日行走一萬步，就是觀音菩薩賜予的靈丹妙藥。

有幸來此世間一遭，首要感謝的當然是父母親大人。五體滿足，五官都各司其位，沒有任何缺漏；雖無氣勢宏偉的賺錢本事，卻還能安分守己的沒當社會的敗類；沒能生下一兒半女，為祖上接續香火，但也沒有扔下壞血惡種，製造居家環境已然污染的天然垃圾。這一切，都是父母親的恩澤綿延，千金不換的高檔禮物。

我很慶幸，這一生委實幸運，父慈母嚴，家教不缺，雖然生性調皮，卻也不敢抄捷徑走後門；遇見了許多明師益友，學得了禮義廉恥，雖然誘惑當前也會心動，但就怕走黑路撞到鬼；結識了許多善因緣，淺移默化的敬天愛地，不求發達，畏懼報應。是故，一路收受了數不清的，有形無形的各色禮物，無時無刻的替我在人生戲台上，打造了高潮起伏，精彩絕倫的橋段與戲碼。如果可以，我要將這些禮物轉送給天下的有緣人；正如那一盞盞在昏沈黑夜中點亮你我的燈火，那是希望，絕對不能遺忘。

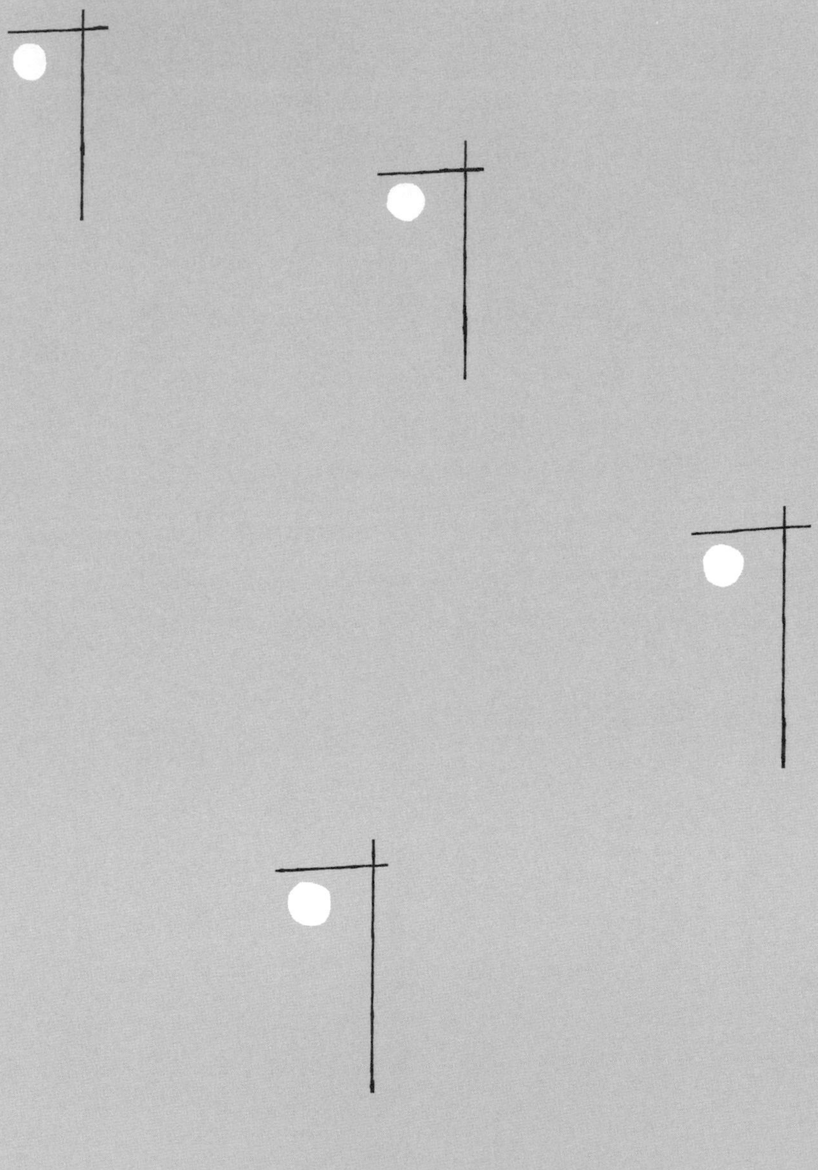

輯二

斗室有燈

天靈靈地靈靈，求請感冒勿降臨

處在新型肺炎肆虐的當口，人人視感冒如瘟疫，如果手中有一支神仙棒多好，只要輕輕一揮，所有的病毒立刻就會閃避一空。

每當感冒一流行，施打感冒疫苗的呼籲此起彼落，我大概是少數堅定拒絕，不務實際的頑固分子之一。大約十多年前，一位任職於大型醫院的友人，非常直白地跟我說，上級交付有任務，要推廣感冒疫苗，叮囑我們夫妻，一同去補上他被分配的配額；二話不說，我們立馬掏出了新台幣一千六百元（一支八百，挺貴的，對吧？），乖乖的去接種了。那支針打進肌肉裡的同時，護士小姐好心的叮嚀，晚上或許有點像是感冒的症狀，別理它就是，不會有大礙的。

誰知道，好心真的沒好報，我當晚就爆發天崩地裂的感冒症狀，不但喉嚨痛、頭痛、流鼻涕，還咳嗽了起來。反觀老婆，照吃照睡，完全沒有任何不適的感覺。

在家躺了兩天，連班都不能上，只是昏睡；老婆準備的任何食物，入口就是一個苦字，而且咳得「肝膽相照」，苦水與鼻涕齊發，一盒面紙，在床頭邊兩晚就用罄。更可怕的是，咳嗽一直不肯收斂，就連中醫都面露難色，建議我去照片子，看看肺部是否有問題。過了三個月後，也就是民間流傳的「百日咳」之後，才逐漸收斂。從此以後，一聽到親友建議去打感冒疫苗，我都像是站在地獄邊緣一般，惶恐地拼命搖手外加搖頭，怎一個「害怕」所能形容？

二〇〇三年SARS流行，人人驚懼惶恐，就怕病毒來家敲門；幸好當時沒有此刻風行的網際網路，媒體的偏激狂亂也尚未發病；雖然遭到風暴的侵襲，但社會整體秩序恆常，人性的良善始終導引著眾人的言行舉止，這也算是台灣可愛溫煦的一頁抗煞史。

曾經，我也吃過二度感冒的苦頭。那一年，工作繁重，心緒混亂，恰好就是感冒病毒長驅直入的達陣良機。第一次感冒，將近十天的疫期，濃痰鼻涕不斷，頭暈腦脹，但幸好沒有咳嗽；等到自己意識到沒事了，也發現頭髮長得可以，就跑到理髮店整理儀容，圖個清爽氣旺。誰知道，才步出理髮店的大門，一陣冷風就撲面蓋頭的襲來，頭髮才剛吹乾的我，當場就打了寒顫，外加噴嚏；一走回到辦公室，鼻子立馬就塞住，還沒下班，咳嗽就開始了。

回家的公車上，雖然已經自愛的戴上口罩，卻在滿溢的乘客當中，無法抑制的狂咳猛嗽起來；也因為亟欲壓抑脫口而出的咳嗽，反倒刺激到胃部，急速經攣，我居然咳到要作嘔；此時，算那女性乘客倒霉，就坐在我站立的位置邊上，她嫌惡的瞪著我，下意識地要往旁坐閃擠，偏偏水泄不通的車廂裡，根本不容我移步到另一個空間；無奈之下，我只好按了下車鈴，打算招部計程車回家；果然是屋漏偏遇連夜雨，下班的尖峰時刻，加上冬季的綿綿細雨，川流不息的馬路上，根本攔不到一部車，就算全身酸痛，兩腿的膝蓋變成石膏，也只能一步一步的移動著，朝著迢遙的返家之路。

就是因為感冒的滋味太難受，慢慢的，有點神經質了，就怕在捷運地鐵公車上，碰到感冒的人。

去年底，在上海，幸好不是下班時間，我在月台等候地鐵，遠遠的，就發現一位中年大媽，一邊打著噴嚏，一面朝著我的方向走來，此刻，電車也要進站了，我在心中默默祈禱，千萬別讓那沒戴口罩的大媽靠過來，沒想到，車才停好，門一打開，裡面的乘客還沒下完，那位大媽一個箭步，插到我的前面，迅速霸佔了一個座位，我趕緊撤退到車廂的另一邊（幸好乘客不多）。車輛移動後，只見那大媽不但噴嚏四起，鼻涕還跟著猛擤，我像是看好戲一般，觀察她周邊乘客的反應，果然，她鄰近的人起身避開不說，就連坐在對面的人都快步閃開了；我在猜測，這位大媽要不就是麻木不仁，重感冒還不戴口罩；要不，她是鼻子敏感，以為人畜無害，就沒有一點防護措施，殊不知，敏感也該戴口罩不是？

延續了這一份感冒恐懼症，某次南下之旅，就在高鐵車廂裡，我也導演了一齣輕喜劇。高鐵到了板橋站，我的身旁上來了一位狀似大學生的年輕男子。他很自愛，帶著耳機，似乎在聽音樂，聲音也不大，絕對不會干擾到我，我邊啜飲著熱氣輕騰的咖啡，邊看著手中的推理小說。忽然，我發現那年輕男子在吸鼻涕！吼！難道是感冒？慢慢的，他吸鼻涕的頻率開始增快，我的心，也跟著提到胸口，心想，我身上沒有準備口罩，萬一他真的是感冒，我不是就當場毀了？忍啊忍的，我終究還是忍不住了，一轉頭，大聲問他，你是感冒嗎？或許聲音真的很大，穿透了他塞著耳朵的耳機，他像是觸電一般，腰桿一直，一把摘下耳機，猛搖著頭，斬金截鐵地回道，不是。

聽了他的回答後，我全身拱起來的神經，瞬間被熨燙得服服貼貼；只是，反倒開始歉疚了，覺著自己不該如此直不嚨咚的，以質問的口吻責問人家，分明是可以稍微柔軟，以攀談關懷的口氣跟人家問話的。等到車子快要抵達台中，車廂內有了動靜，許多人立起身來，準備下車了，我刻意壓低聲量，和顏悅色地向那青年道歉；那年輕人的家教顯然不壞，他搖搖頭，輕聲回答我，他是鼻子敏感，不是感冒；我再次跟他說了聲對不起，提起行李，輕快的離開了車廂。

此刻，新型肺炎就如頑皮不受教的三歲童子，翻山攪海的弄得全球人類不得安寧。我與妻於年前回台中時，光顧外甥女擔任店長的店鋪，她說剛好有一客人來買口罩，順便從庫房中搬出一大堆口罩，還補了一句，說不定過一陣子，感冒會變厲害也說不定。老婆說，外甥女有業績壓力，除了買幾支口紅外，順手也要了一包口罩。誰知道，這適時的一個念頭升起，居然讓吾家日後不用遭到買不到口罩的焦慮不說，還能分出一些分享給親友。

取消了原定年後前往吉隆坡與東京的行程後，頓時多出許多得以支配的閒暇時間。在不增加親朋好友心理負擔的情況下，我與妻先是乘坐旅客稀鬆的火車，前往花蓮訪晤好友；又打算與中部好友相約，上山呼吸新鮮空氣。在管理好自己的健康前提下，我們並未放棄外出走春舒心的機會。只不過，我在路上還是會情不自禁的時時唸上一句：天靈靈地靈靈，求請感冒勿降臨！

失而復得的喜悅

人的記性真是奇妙，往往記得身上每個瘡疤的來歷，卻忘記美好事物曾在身畔的留駐。

忘性亦然。

越是來得容易，輕鬆獲攫的外快、獎金、幸福，越是不當一回事，盡情揮霍，毫不珍惜；然後，拋到了腦後，直到某年某月某日某時，幡然憶起，頹然自悔。

日前，趕去戲院看了部電影《陽光普照》。片中的非行少年阿和，與朋友一起尋仇惹事，被關進觀護所，在監獄中面對哥哥跳樓，女友懷孕等接踵而來的變故。某一天，所有的人正在飯廳進食，忽然廣播傳來通報，阿和可以辦理回家的手續了。此時，導演讓鏡頭緩緩地移動，穩穩抓住阿和的表情，他口中咀嚼的動作慢慢停下，一層薄薄的淚水在眼底泛起，同儕們適時唱起了〈花心〉：「春去春會來，花謝花會再開，只要你願意，讓夢滑向你心海。」久違的自由來臨了，失而復得的尊貴自由，在包圍著阿和的激動氛圍中，如漣漪朵朵，逐一漾開。

許久不曾被電影電擊到了，我在慌亂中摸索，尋找長褲口袋裡的手帕。導演將阿和失而復得的喜悅，立體又多面向的呈現出來；整部片子裡，每個角色都在編導的導引中，適得其所的揮灑自如，也難怪要得大獎。

在我們短促的人生當中，分分合合，聚散匆匆的故事，依著不同的劇本，在自己專屬的舞台上，盡情投入，義無反顧。失去與獲得，恰如悲喜劇的輪番替換；人，只能聽命於那無所不在的導演（神祇），或哭或笑或喜或悲，忘情演出，直到幕落。

沒錯！失去與獲得，就是最眼熟的素材。

我那年代，入伍當兵的男士們，在服役的兩年或三年裡，最為難熬的就是倒數著饅頭，一天一天的算著，還得吃幾個饅頭才能退伍，才能不吃大鍋飯，才能飛越那道無形的高牆，脫下老虎皮（軍裝），重享自由自在，無人管束的甜美空氣。我前不久都還會做夢，夢見同梯次乃至較我晚入伍的弟兄們都退伍了，為何我獨獨被留置在營中？於是，高聲抗議，咆哮怒吼，直到夢醒。

有趣的是，真的退伍了，重獲自由了，在部隊裡的枯燥煎熬試煉，全都像是加入了甘草似的，轉苦為甜了。這，或許也得以視為失而復得後的化學作用，畢竟，歡喜的滋味肯定是加倍的摻入了糖漿與蜂蜜吧？

最近，我也獲得了一樁失而復得的有趣經驗。

每回到了高雄的岡山作客，好友王文欣、詹麗燕夫婦，總會滿我的願，領著我到阿公店水庫健走，環湖一周；基本上，就到達了我的日課標準：一萬步。

年前，趁著水庫滿水，天氣美好，我們又很有默契的歡喜上路。或許是週末之故，當天下午的運動人口並不少。一開始，我們三個走在一起，但發現會在小徑上擋住擦身而過的同好，我便慢慢加速，逐漸將他夫妻倆甩在後面。

走到三分之二處，我找了湖邊的木椅坐下，等候他倆追上來。不過，左等不來，右等不來，加上附近有人以擴大器在吹奏樂器，歡唱卡拉ＯＫ，讓生性對聲音敏感的我，頓時失去了耐心，拔腿就再次開步快走，心想，我可以先到停車處等候他倆。

過了吊橋，太陽在雲朵的空隙中乍現乍隱：一陣清風由上游徐徐拂來，微微出汗的身體有了反應，涼意順次服貼了每一個細胞。沿途在心中默念的「心經」與「大悲咒」，瞬間也轉換了頻道，老歌〈夕陽西沉〉的詞曲跳躍而出，我先是以鼻音哼唱著，然後，改以自己聽得到的聲音，呢喃而歌，愜意至極。

轉進上壩堤後，寬廣的堤上仍有川流不息的情侶、夫妻、同伴、寵物迎面而來，幾乎每一張面孔，都是前不久在山徑小道上擦肩而過的有緣人；有的會以眼神相互打個招呼，有的忙著聊天談話，忽然，我暗叫一聲不妙，我的頂上帽子不見了，再仔細一想，喔！顯然是遺落在方才小憩的椅子上了。

那頂帽子，對我還是有點意義的，是住在花蓮的結拜兄弟黃大嫂致贈的禮物。一九年的七月，我到新疆旅遊，卻在上飛機之前，將這頂帽子遺忘在一間店裡。體貼的小友一方面安排我去機場的櫃檯報到，一邊叫了另一部計程車，飛快去將帽子取回，即時交到我的手上。如今，我竟然再次遺失了它。

站在原處的我，飛快地做各種推演，如果回頭去找，來回起碼要一小時，或許帽子早被拾走，反倒撲了個空也說不定。

好吧，就放下吧！我慎重地叮嚀了自己！就當是緣起緣滅，我跟這頂帽子，注定要在這一天說再見了。

邁開大步，我在晚風中敞開襯衫，讓衣襬飛騰在腰際，再次默唸起「大悲咒」。

到了壩堤的終端，我倚在欄杆邊上，遠眺著前方高矗著的「岡山之眼」，想那頂上，是否也有人在往下四望？如果有高倍數的望遠鏡，說不定還能確定我那失去主人的帽子，是愣愣地躺在椅子上，等候著粗心無情的主人，回頭相認？還是渺無蹤影，已然附在新主人的頂上，再起另一段旅程了？

友人夫妻出現了，兩人盈盈笑著。直心的我立馬陳述，將帽子忘在路上了。文欣說，走，我們回頭去找吧！我說，太遠了，算了！說不定也被人揀了去。麗燕說，沒關係，我們開車過去找，開車不算遠！我又說，算了！別跑了！不是還要趕回去？晚上有朋友要一同吃飯？

上了車，文欣與麗燕還是有一句沒一句的安慰我，麗燕笑咪咪地回頭跟我說，那頂帽子肯定與我有緣，我嗯的回了一聲。不過，文欣並沒有將車子開往遺失帽子的湖水彼端，而是走在回家的路上。我心想，客隨主便吧，文欣肯定是擔心回家要晚了。

到了岡山的家，我們依序下車，進了門，才脫鞋，文欣與麗燕背對著我，兩人先是輕聲的窸窸窣窣，然後麗燕說，提前頒發禮物吧！我還沒回神，他倆已自文欣的隨身包裡，取出了那頂受難的帽子，我當場傻了眼！

麗燕笑得好開心，她說，忍不住了！本來想在吃飯時再揭開謎底，但實在不忍心，還是即時開獎吧！

原來細心的文欣，在回程的路上，遠遠看見我坐在水邊的椅子上，等到上完洗手間的麗燕與他會和，發現我已起身離去。走著走著，文欣的眼角瞄到我方才坐過的椅子，居然有一頂孤伶伶的帽子孤獨地留在那兒，他知道那是我的東西，就趕緊取了回來。

如是這般，只因好友的慈心與細心，我的帽子，再次失而復得！

喜不自勝的我，下一秒鐘，愕然發現一隻烏鴉自頭頂霸氣飛過；我竟然已經在臆想，下一次，當我再次遺失了這頂帽子，還會有此運氣，讓失而復得的戲碼重新上演嗎？

搞飛機記

我絕非聰明伶俐之輩，卻也不屬於迷糊混沌一族。

最近，難得的，卻為自己寫下了一記高潮起伏的脫線篇章。

早在二月底，我便與南京的親戚約好，三月份中旬，避開清明的雍塞，我們早早就去安徽的鄉下，為爺爺奶奶上墳。當然，機票也已快快訂好，就怕碰上旅遊高峰，機票難抓。

雖說遇到節目上檔，另一個大活動的籌備工作也進入勞神的階段，但是，我嚴正告訴同仁與家人，南京的行程絕對不可受到干擾，這四天三夜的安排，誰都不准搬動。

出發當天的下午，我先以保溫瓶，買了杯最近迷上的曼巴咖啡；才登上前往桃園機場的國光號，就迫不及待的打開瓶蓋，讓撩人口腹的咖啡香，隨著白色的煙氣，繚繞在全身四周。沒錯，我的確是本著渡假的心境，藉機逃離倥傯繁忙的台北。

登機手續辦妥，隨著環繞數圈的人潮，不慌不忙的出境，還在最後一刻，喝乾了瓶中的咖啡。然後，照例檢查飛機起飛的告示板，發現同一時間飛南京的另一家航空公司，要遲飛一小時，當場就升起僥倖的心；於是開心快意地走向免稅店，替親戚採購菸酒禮物。

提著一大袋菸酒，拖著一個輕便的隨身行李，我習慣性地往地下室的登機口走去，因為飛南京的航班，一向都在此搭乘接駁車，然後再到停機坪上飛機。

找了椅子坐下，我低著頭，不停地處理一些手機裡，朋友交代的事物，以及公務。眼看時間充裕，還拿出了背包裡的「金剛經」，將日課做完。然後，聽到廣播，飛往南京的航班，雖然慢了一小時，但沒有繼續延誤，已經準備登機了。我帶了行李，先去洗手間出清存貨，再愉快的前往登機口；但是隊伍還長，我站定了，拿出登機證；眼看下一班接駁車還沒到，偷懶的我，乾脆又找位子坐了幾分鐘。等到長龍漸次消失了，這才心甘情願地又站起來；但是，不好！我發現那袋菸酒不翼而飛了。

直覺的，我先衝進洗手間，一位打掃的歐巴桑就在我方才站立的小便池邊上打掃，我詢問她，是否看見我遺忘的物品，她毫不猶豫地搖頭，說是若有發現，一定會送交服務台。我心想，進出洗手間的旅客這麼多，順手牽羊是很正常的事，也罷！誰教自己大意了呢？只有在飛機上再行補買免稅品了！

走出洗手間，才路過我曾經佇足的地點，哈！居然發現，那袋菸酒，竟傻傻的立於原處，像是迷路的孩子一般！我趕緊提拾了起來；失而復得的喜悅還未消失呢，我相信我臉上可掬的笑容肯定會讓人以為剛中了一個大獎；但是，伸手索取我登機證的地勤人員，忽然大聲的說，先生！你搭乘的不是我們的飛機！我的笑容頓時急凍，立刻被驚愕替代；他說，你的登機口是C8，趕緊去樓上的登機口看看，或許早已經飛了！

我拖著行李，開始狂奔，但樓梯很長，我又回頭改搭電梯。等到衝到C8登機口，寬敞的候機室裡，杳無一人；只聽到我體內的心臟哐啷一聲～我那沒有誤點的飛機，可能已經快要下降南京機場了。

我火速打電話給南京的親人，準備燒菜為我接風的，請將菜收進冰箱；要去機場接我的另一組人，就不必出門，直接就地解散。然後又打電話給老婆，老婆驚嘆數聲後，反過來安慰我，或許老天爺看我太累，要我別飛了。

我拖著無力的雙腿，到服務台自首，沒一會兒，航空公司的地勤人員來了；態度很從容的地勤小姐說，她們廣播了好多次，就是找不到我的人，我無辜的說，我在地下室坐了快兩小時，完全沒聽到哇！她才說，一樓的廣播與地下室是分開的，難怪我聽不到。我的自尊心有點破損，跟她說，我怎麼沒有確認自己的登機卡？上面明明寫的是C８，我卻神差鬼使的循著舊有記憶，跑到地下室去？她友善的跟我笑笑，沒有在我的糊塗上做文章。

她帶著我去免稅店退貨，一位高大的安全人員衝了過來，確認我就是那位無故消失不見的旅客，然後揮揮手，放心而去。地勤小姐說，旅客不見，沒有上飛機，有各種可能性，甚至包括在哪個角落心肌梗塞，是很嚴重的事。我忍不住伸了伸舌頭，哇！我還真是害了不少人擔心受怕。

她帶著我繞過不少平日沒有注意的進出口，總算送我到最後領行李的出口；我再三向她致歉，給她添了這許多麻煩，她反倒好心安慰我道，我算是小case了。前不久，一位旅客忘了充電的手機就上飛機，等到發現後，衝下飛機，手機已被同機的旅客摸走；結果，掉手機的和偷手機的都不准上飛機，讓飛機飛走了；為了那事，害她加班了兩小時。

當她揮手向我說再見時，我回道，希望不要再見了，她笑得燦爛不說，一位在旁的海關工作人員，竟笑到頭都抬不起來。

那晚，雖然睡在家裡的床上，狀似很幸福，但是我一夜無法闔眼。腦袋裡有各種稀奇古怪的念頭此生彼滅。或許電影看多了，我在想，為何我好端端的讓飛機飛走了？這其中會有何種因緣出現？南京的親戚決定隔天照樣去掃墓，那一路程不短，來回近五個小時，路上安全嗎？我原訂要坐的飛機，不會有任何閃失吧？

忐忑一直跟著我三天，幸好，一切如常，我成了名符其實的憂天杞人。

故事仍未結束。

沒過兩天，一位友人在網上發現她的一個朋友被困在上海的機場數小時，預定飛往北京的飛機始終沒有確定延誤多久的訊息，於是被塞進了沮喪氣浮的死角。我那友人為了讓她的朋友放鬆心安，就敘述了我搞飛機的故事。聽完後，那位困在上海機場的旅人哈哈大笑了起來，還立馬招認，她敗壞的心情已經被我的遭遇療癒好了。

這倒是令我喜出望外，沒有想到，我的這回搞飛機記，居然還能發揮如此振奮人心的功能，這不是功德一件嗎？您說是不是？

我的一顆心（上）

曾有一位摯友，心臟出了問題。有一天，我們在一地下室喝咖啡，而後上了樓，準備走路回公司，他突然跟我說，走不動；我呆立在原處，震驚之餘，也無法體會，所謂的走不動，究竟是什麼感受？

他終究在換心手術檯上閉不上雙眼；這個充斥了情、愛、仇、恨、怨、懟、喜、樂的世界，自此再也進不了他的視野。

事隔多年，我依然是我，像是無法靜止的陀螺，無休無止的輪轉在複雜膠著的工作場域中。某天，接到電視台的電話，匆匆由公司搭上捷運，經過轉運站，快步踩踏著四、五層樓高的手扶電梯，試圖趕上一班即將進站的車輛。好不容易，車子關門前的剎那，我衝進了車廂；忽然，胸口似乎有重物壓制住似的，憋得緊，悶得慌，我暗叫不妙。從此，這一現象，就如喉嚨裡黏噠噠的濃痰，附隨在身，只要腳程快些，便立即現形；相反的，一旦緊踩煞車，停止不動，那股不適的緊迫感，便瞬間消失。

這下，我終於明白，所謂的走不動，竟是有人踩著你的心臟，讓你換不過氣，跨不出步。

慢慢的，胸口緊蹙的現象，發生的頻率越來越高，我下定決心去掛T大一位著名的心臟內科名醫A醫師的門診。做了心電圖後，他只是略略看了兩眼，就直接了斷的告訴我，啥子問題都沒有，請回吧！老實說，我還挺高興的，或許我真是神經過敏，工作壓力太大吧？

奈何，我這人就是有打破沙鍋問到底的臭毛病，哪怕是做錯什麼自己不曾察覺的事，都希望對方能夠直接點明，我才好當面致歉認錯。因此，有關心臟造反的疑惑，我還真是沈不住氣，就是想找出真正的病灶所在。

因緣不停的在變化。當我決定到一家治療心臟最有名氣的醫院去做心導管檢查時，同時有數波朋友出面攔下，分別介紹我到氣功、針灸、筋絡按摩的地方，接受治療；卻往往都是見到療效不久之後，還是會有不適的症狀出現。

其間，我又跑到一家公立醫院檢查，主治的心臟內科主任B醫師很有趣，不但治病，還用第三隻眼，指出我家廁所馬桶的左邊漏水，對夫妻的身體都不好。他指出，我有憂鬱症，我搖頭，他鐵口直斷，硬是開藥給我，我一回家就把藥丸扔進垃圾桶。當然，他親力親為，親自動手，為我做心電圖檢查；他邊看畫面邊拍我的肩膀，保證我的心臟沒事。

誰說沒事呢？我自信不是疑神疑鬼的個性，為何總是參不透，胸口不舒服的指數與次數，真的是不斷上漲啊！幾經考慮，乾脆一不做二不休，還是透過朋友的介紹，前往一所大型的教學醫院做徹底檢查。C醫師非常有耐心，幫我安排了各式檢查；參考各種匯集的數據報告後，C醫師最後兩手一攤，很遺憾地告訴我，心臟與心血管真的查不出任何毛病。從C醫生的眼神裡，我立馬讀出了一則訊息：「老大哥！別再窮緊張了！你是沒事找事。」拿了口服藥後，我回到家中，一樣都練投，將藥擲進飯廳角落的垃圾桶裡。

過了幾個月，好心的友人受不了我的死纏爛打，又幫我介紹了同一所醫院的另一位心臟內科D大夫，重起爐灶，重新檢查。果不其然，該檢查的沒有遺漏一項，就連核子醫學心肌灌注都做了，卻硬是找不出病因；最後，D大夫滿臉歉意的跟我說，是否能夠自費，花點錢，去做電腦斷層掃描？我當然說好。

做完斷層掃描，我在檢查室等候報告，負責的一位年輕技術人員在讀取畫面的結果後，忽然回過頭跟我說，你很嚴重，你知道嗎？我由鼻孔噴出類火龍的熱火，沒好氣的回他道，檢查了半天都說沒事，如今才花點錢換個機器，你就說我很嚴重，簡直笑死人；他見我一副不爽的模樣，立刻抓起電話，請我的主治大夫下樓。很快的，D大夫來了，還帶了另一位同事，當他們仔細核對我的心血管顯影後，D大夫滿臉都是直線，像是做錯事的孩子，且帶有難以置信的表情跟我說，斗哥，你的心血管堵得非常嚴重，恐怕馬上就要安排做心血管支架！

可以想見，我當場有如水泥澆灌過的石雕，瞬間凝固。D大夫緊急跟進，立刻訂下住院的時間。

人真是如此，一旦得知自己真實的命運後，認命之餘，會閃入逃避的念頭。隔天，我打電話給D大夫，說是馬上要過年，家中老人會擔心，還是過完年再裝吧！D大夫非常配合，連說好幾個好。

憑良心說，那個年過得還真是七上八下。

眼看年過完，得去醫院報到了，我依然有些心不甘情不願，總希望有萬分之一的誤診可能。某晚坐在家中，忽然福至心靈的想到一個人，他是一位舊識，不僅是心臟內科的專業戶，夫妻倆也都是醫德醫術皆優的好醫生。很快的，我連絡上正在歐洲渡假的E大夫，並將電腦斷層的照片寄給他；他隨即笑話我，好啦！這下不能再恣意大口地吃好東西啦！

等到E大夫回國後，我立即去掛他的門診，照例要做心電圖、運動心電圖等各式檢查。隔天，好友石靜文的母親剛好在那所醫院往生，我趕去醫院助念後，又背起背包，準備搭高鐵，到南部接受一位中醫的針灸治療。才走出醫院大門沒兩步，E大夫的電話就來了，劈頭就說，我的狀況很嚴重，要趕緊住院，做心血管的支架。這下，我有如鬥敗的公雞，縮冠垂尾的站在路邊發呆許久；好不容易，才提起氣來，打電話告訴老婆，這下逃不掉了。

命運當如此，也無路可退；隔日，我乖乖的住進醫院。

躺上手術臺後，領眾的護理長為了安撫我，刻意跟我說，知道我是從事公益節目與活動的製作人，團隊一定會給我最完善的照應與治療。我這才知道，心導管檢查是不打麻藥的，我必須維持清醒，時刻準備要回覆醫生的垂詢。

E大夫非常和善，輕聲細語地跟我解釋，他們會從我右手腕的造口進入血管，尋找需要裝上支架的阻塞地點。我開始靜心念誦「心經」與「大悲咒」，祈禱順利快速的完成該做的事。

念著念著，忽然聽到E大夫跟我說，我的血管比常人稍細；然後，他又與團隊低聲交談，我暗叫不妙；不一會兒，E大夫鄭重地跟我說，支架不用裝了。

我的一顆心（下）

我的一顆心，在年屆六十之際，宣告造反；整個過程，如今回頭去看，還真是高潮迭起，媲美八點檔的連續劇。

話說在手術台上，接受E大夫的心導管手術，安置支架時，忽然意外的半途撤兵。E大夫當場解釋，我的心血管，像是台北新生南北路高架橋，到了忠孝東路要下去的時候，無論橋上橋下，忽然都堵住了，這一下，問題很大，就算是勉強裝上支架，日後一定仍會堵住，還不如一勞永逸，直接做心導管繞道手術，重新鋪設一條高速公路。

我完全聽懂了E大夫的說法。

隔天上午，心臟外科的主任F大夫來到病房，很仔細地解釋了心導管繞道手術的理路；

他進一步跟我說，這已是門非常成熟的外科手術，我的朋友張毅，也是他的病人。他又說，要我轉到他的門診，月底開始吃他開的藥；但因他要出國，需要再等到下一個月的月底，才能排出時間，為我操刀，開闢高速公路。

順利出院後，我沒有絲毫忐忑，只當是還業報吧。我一位會算命的朋友，很早就說過，我的前世是個殺人無數的武將。難怪這一世，一個單純的盲腸炎，竟轉為腹膜炎，將白胖胖的肚皮，硬是橫切出兩大條刀疤。這下子，若是加上胸口一道直的，也算是縱橫有馬路，好一個四通八達不是？

不過，時隔兩天，我又開始不安分，思維又開始滾動。我在想，醫生都說我的心血管堵塞嚴重，但此刻要等上一個半月以上，才能動刀，萬一臨時出現狀況，醫生又不在台灣，我的老命不就岌岌可危了？

既是如此，我又打了電話給另一位非常信賴的好友，他們夫妻倆都是醫護人員，我想得知他們的寶貴建議。

看了我的心導管照片後，他們提出了不同的觀點。他們說，可以在內科解決的問題，就在內科吧！轉到外科總要傷筋動骨，會很辛苦。他們又說，要我稍候一下，立刻去請教專科醫生的意見。

沒多久，回話就過來了，也就是說，曾經要幫我裝心血管支架的D醫師，還依然很有意願，要完成我預定的支架工程。

繞了一圈後，我果然回到了原點！

沒有再浪費時間，花上了兩個多小時，我被裝上了兩根，據說施工難度有點高的支架。

接著的幾個月，我快活得有如剛學會飛翔的小鳥，無論快走的速度如何加速，心臟都服服貼貼的，沒有帶來任何不適的感覺。

直到有一天，我照例到住家附近的國中操場快走，忽然察覺，不妙，那種熟悉的壓迫感，怎麼又回來了？我的鴕鳥心態頓時占上風，認為這不是什麼大驚小怪的事，反正不要走太快就沒事了。

每次回診，D醫師看了我的驗血數據，只是叮嚀我的好膽固醇稍低，要稍加注意，其他應該都相安無事。

某日，榮總劉主任、幸姐夫妻相約天母小聚，張毅、惠姍也都在座，問起我的現況；我輕鬆自在的回答，都好啊，只是偶爾胸悶的感覺會再回來而已。他們幾位立刻發難，責備我不可輕忽身體發出的訊息；一向急公好義的幸姐，拿起電話就撥，將住在附近的E大夫call來了。

許久不見的E大夫是知道我的進度的，我曾將D大夫幫我裝支架的處理轉告過他。他笑著跟我說，先不用掛號，該週的週四，要我去醫院檢查一下。

因緣既然如此，我自是乖乖順從。

該週四，我去醫院做了運動心電圖，忙碌異常的E大夫匆匆出現，看了我的報告後，額頭與臉部的紋路瞬間皺到了一起，他指著那一長卷高低相向的曲線，直陳這裡缺血，那裡又堵住；他往樓上一指，要我立即辦理住院手術，當天下午，就幫我裝置支架。

如此這般，我瞬間又晉升了兩級，心血管又多出了兩根支架。

自此之後，我那快樂的小鳥又飛回來了，無論我快走的速度如何調配，甚至提速到汗流浹背，小心臟都乖順得有如小綿羊，沒有給我任何的顏色看。

每過三個月，我也都如期回去複檢，拿處方藥。E大夫非常心細，連我回診是一人前往，或是有老婆陪伴，都會記註下來；難怪，他的病人多如過江之鯽，可見他受到病人的信賴與愛戴，是如何確鑿不破了。

完全沒想到，我的心，卻不知不覺的又有了波動。

E大夫非常嚴謹，算是嚴格的老師，我只要說出身體任何微小的反應，他都當作大事似的，不是追加藥劑就是要做進一步的檢查。直到有一天，我發現我要回診的腳步開始沈重，甚至有了逃跑的念頭；哈！我跟自己說，我這個壞學生在好老師面前有壓力了！

壓力果真是個不良產物，我迫不及待的想要扔掉它！但是永遠有個聲音在提醒我，不要辜負了一位如此用心的好醫生。

輾轉思維的結果，就是便秘重新來找碴之外，睡眠也出現狀況，經常睡不到兩小時就睜眼到天明。我終究意識到，不能再閃躲逃避，該是面對問題的時候。

我的家人裡面，起碼有三位以上，多年來都是專門看診於一位資深的G醫生，咸認G醫生非常有耐性，每每無視診間外，長列守候的病人，都會將每位病人對身體與藥物的疑慮解釋得一清二楚。老婆也建議，是否改去看G醫生？我卻還是拿不定主意。

直到不能再拖了，我自忖，多思無益！還是趕緊拍板吧！

回顧了這一路，在治療心臟的顛仆過程裡，是誰讓我安心？又是誰義無反顧地首次幫我裝了支架？我終於下定決心，再次回到了那個原點。

重新回到那所教學醫院，重新掛了D大夫的號，我有些緊張，先行量了血壓，正常，心頓時定了下來。等到叫到我的號，走進D大夫的診間，他很驚訝，但隨即像是見到老友似的，親切地要我坐下，問我是否長期出國了？為何這麼久都沒出現？我一向認為直言最單純，不必走冤枉路，所以也就如實地將我這段時間的遭遇，簡厄的說與他聽。

D醫生聽完後，點頭稱是，並告訴我，他與E醫師都是同業，也很熟。接著，他動手為我量血壓，發現我的血壓高得離譜，我說，大概太久不見他，有些緊張吧？我立刻掏出五分鐘前量過的數字給他看，他笑了，我也如釋重負；原來，壓力的來源，就是那顆不安分的心啊！

如是這般，為了安住這顆驛動不停的心臟，我遇見了許多可敬的善知識、認真專業的醫生，也照見了自己多變不息的心念。往後，這顆好不容易安頓好的心，能夠陪伴我多久？不可知！何時心血管又塞住？誰能知？唯一能做的，無非是如實過好每一天；認真看待身體發出的每一則訊息。然後，偶爾高歌幾句：「我的一顆心，獻給一個人，只有他能接受，我的愛與情。」

天旋地轉＋冷汗洗身＋嘔吐＝暈眩

早在二十郎當歲時，就聽到同業的女生哀嘆，因耳朵半規管造成的暈眩失衡，令她痛苦萬分。我聽了沒有任何感受，只覺得她很可憐。

數十年後，某一安靜的深夜，母親驚呼她眩暈，恐怕是中風了，我攙扶著她下樓，趕去醫院急診，住了兩天，啥事都沒有，安然回家了。不過，也首次察覺，眩暈離我如此接近。

沒錯，眩暈如存心不良的壞蛋，一步步欺近了我。

季節遞嬗，疫病橫行，自認不好湊熱鬧的我，自是潔身自愛為重，卻沒料到，還是活生生的上演一場驚心動魄的眩暈大戲，硬是被救護車咿喔咿喔的護送到醫院急診。

其實，眩暈早就盯上我了，只是我一味逃避，不願面對現實。

四年前，在舊金山作客，當地好友待我若上賓，輪流宴請不說，志龍、斐文夫婦甚至讓出他倆的套房給我，自己搬到客房去住。偏偏，時差採盯人戰術，對我寸步不離，讓我一到天黑就開始緊張，生怕沉沉黑夜反倒成為失眠的噩夢深淵。

某日上午，才要勉強起床，就發現頭暈得慌，但有兩位美女早已約好，準備駕車載我出去遊玩，我咬著牙，如踩在棉花堆，若無其事地上了她們的車。沿途，她倆頻頻介紹花團錦簇的各地風光，我嘴裡回應著，卻連腦袋都不敢點一下，就怕暈得更厲害。等到在景色如畫的俱樂部吃完中飯，她倆準備帶我去另一個景點，我終於開口求饒，說是犯暈，請她倆送我回家，接下去的行程真的無福消受了。

到了家，我留了條子給志龍，囑託他千萬不要叫我起床吃晚飯，讓我與床纏綿到隔天再說。果不其然，我大概睡了二十個小時之久，眼睛睜開，嘿！頭不暈了！

回到台灣，隔了半年吧，我做了心血管的支架。起初狀況很好，我又可以活蹦亂跳了，不過，偶爾在上下班途中，有短暫的眩暈，如烏鴉自頭頂飛過，數秒鐘就不見了。回診時，我告訴主治醫生，他說，或許降血壓的藥太強，順手就減半，變成半顆。

又過了幾個月，好友約我去西班牙、葡萄牙自由行，我有點遲疑，老婆反而勸我偶爾要對自己好一些，督促我成行，於是乎，恭敬不如從命，開心出發啦！

為了替我省錢，好友刻意選了便宜機票，先飛阿姆斯特丹，然後再轉到馬德里。第一段行程，十來個小時，左前方有個兩歲不到的小孩，沿途哭鬧，我根本無法入睡。好不容易抵達馬德里，入住飯店，朋友看好地圖與地鐵車站，計畫隔天一早就去逛大街與美術館。

次日上午，我開心的下樓吃早餐，才拿好食物，喝了兩口咖啡，忽然一陣眩暈襲來，我嚇壞了，扶著牆，按了電梯，一進房門就倒上床，不但有點噁心，還直冒冷汗。我側身撥電話給隔壁的友人，就連電話都浮在半空中似的，唯有閉上眼，才能壓抑住呼之欲出的嘔吐欲望。由上午躺到黃昏，眩暈的程度有點減輕，我勉力起床，堅持出門換換空氣，深怕繼續暈下去，別說無法遊覽，就連提早回國都要受罪。

在街上走了半小時，幾度坐下來深呼吸，我不斷跟自己精神喊話，非得撐過去才行啊！次日，我還是決定乖乖的在飯店裡休息，友人不斷將他在城裡吃美食的照片傳給我，我卻只能躺在床上啃著又乾又硬的麵包。

第三天，終於恢復元氣，我們也要乘坐租來的汽車，橫越西班牙，進入葡萄牙，所以，馬德里到底長得什麼樣，我全然沒有一點印象。在葡萄牙境內的某一晚，睡著了，可是偶一翻身，忽然又開始暈了，而且跟著冒起冷汗；我喃喃哀求菩薩，千萬不要讓我再暈，畢竟身在異鄉，遇到病痛，也只是進退失據，好一個苦海無邊啊！模模糊糊的，我終於又睡著了；隔日早晨，眩暈像是來之無影的露水，蒸發掉，不見了！我滿心歡喜的感謝佛菩薩保佑，一上車就將日課的「金剛經」誦完。

這一趟，我算是對眩暈症有了真正的認識，透過網路資訊，也有了皮毛的見解。我最為擔心的是不要碰到心肌梗塞，或是頸部血管、腦血管的阻塞、病變。

回國後，沒過多久，我又做了一次心血管支架。這一下，覺得身心輕鬆了不少；注意自己的體重，乖乖定期回診，每天按時吃藥，一日走路萬步，是我努力做為模範生的準則。自然，眩暈症也不再來干擾了。

誰知道，無常菩薩果真潛伏在身邊四周，才要慶幸躲得高明，就又被眩暈逮個正著。大約間隔上回兩年吧，過完年，入春，新型冠狀肺炎攪得人心惶惶，每人談虎變色，所有的行程不是延期，就是取消，或許，無形的壓力還是由虛掩著的大門趁虛而入了。

一天上午，剛要起床，突然，不好！才要翻身，熟悉的眩暈，像是能量蓄積十足的地震，哐啷一記，來了！一陣天搖地晃，我的內衣立刻汗濕，一鼓鼓因為胃的擠縮，所造成的作噁，如海浪般，一道一道的襲來。偏偏就在此時，一向採取不合作主義的大腸急速蠕動，我非得去蹲馬桶不可，好死不死，老婆幫我去醫院拿處方簽的藥，我又不敢驚動坐在餐廳的老母與外勞，只好手腳並用的爬進廁所。等到勉強處理完「出口」業務，試圖爬回床上，卻再也擋不住噁心的副作用，一聲聲的乾嘔，被母親聽到了，她與外勞忙著給我遞臉盆送毛巾，又打電話給老婆，幸好，老婆剛要進門。

救護車快到之前，我只有叮囑老婆，首要之事，就是確認我是否為心肌梗塞。就在一陣忙亂間，我被抬上救護車，移動的過程中，只要稍一顛簸，那個暈眩，簡直讓人有行走地獄的痛苦。好不容易，到了醫院急診室，耳邊全是醫護人員與病患、家屬之間的對話與問答；無意間，我居然發現，我在輕微呻吟著，這，怎麼會？接著又發現，呻吟難道有療效？我的難受強度，好像有減弱的趨向。

醫生先照了心電圖，排除了心肌梗塞，我心定了，接著是打止暈針、吊瓶、等病房；我開始沈沈睡去，天荒地老的昏睡，從下午、黃昏、黑夜，到隔日大天四亮，也就只是睡。

入院四天，所有該檢查的，從耳朵、頸動脈、血管年齡，到頭部的核磁共振，全都做了個遍；搶在清明連假的第一天，醫生讓我出院了。好心的護理師臨別贈言，指出我每天吃的五種藥，不只一種是有降血壓的效果，最好再跟心臟的主治大夫反應一下較妥。時隔一週，我又回到醫院，見到這次看護我的神經內科醫生，查看所有的檢查報告。他恭喜我道，所有的報告都正常，就連頭部的大小血管都很乾淨，不曾有過任何的病變；然後，他又說了，很多眩暈的病人，都會在兩年後復發，尤其是在季節更替的時節；不過，也有的病人，就算吃藥都無效。醫生又跟著解釋，因為查不出病因，如果再犯，只能好好躺在床上休息，靜靜等候眩暈如潮水退去，聽著聽著，我的背脊樑由腰下逐漸向上涼起。

注意營養、注意睡眠、注意放輕鬆、注意避免壓力；帶著醫生的叮嚀，帶著眩暈藥，我穿過川流不息，戴著口罩的門診病人潮，緩緩地向醫院外移動；走著走著，我還是忍不住在心裡哀求佛菩薩，拜託拜託！求請佛菩薩慈悲！我一定會乖乖聽話，千萬千萬，不要再讓我眩暈了，拜託喔。

我的計程車情懷

生平第一次搭乘計程車，我就捅了一個大婁子。

那個年代，三輪車依然當道，計程車還是個新興行業，馬路上難得看得到計程車的影子。計程車的車身顏色有橙有藍有紅有綠，總之，無論新舊，就是神氣。

某日吃完晚飯，天還亮著，父母要到台中拜訪長輩，我硬是跟上了。才出眷村門口，距離公路局車站還遠著呢，有輛計程車在碎石子路上捲起一陣塵土，由後方駛來，父親居然舉起了手。我有點不可置信，抬頭問母親，父親有錢嗎？母親沒好氣的回我：「你老子一有錢就發騷！隨他吧！」。

父親與計程車司機談好了價錢，我三兩

下就鑽到車子裡，虛榮心也隨之氾濫，決意回家後，一定要向愛哭的妹妹獻獻寶。一路上，我可開心了，不時伸長了脖子張望前座的設備，還追問司機，既然是計程車，為何不跳錶？母親嫌我多話，要我閉嘴。

車子到了台中合作大樓的對面，父親回頭要坐在後座的母親與我下車。坐在最左側的我，順手就打開了車門，沒想到一輛腳踏車快速撞了上來，人與車都倒在地上，就連計程車的車門都闔不上了。母親見腳踏車的騎士沒事，趕緊向父親使眼色，讓父親付了車資，然後拉著我就走，邊走邊咬牙切齒的低聲罵道，就知道闖禍，早知道就不帶我出來了。

我經常會升起歉疚的念頭，想那司機一定很老實，沒有回過頭來跟父親要修車費；或許，當他想起來時，我家三口已經消失在人潮中了。

到台北念書時，台北的計程車已然不少，開車的絕大部分都是操著各地鄉音的退伍軍人。在台視打工時，每每錄影到深更半夜，台視都備有計程車票，供給工作人員搭車回家；我很幸運，總有攝影師或是美工組大哥，招呼我搭順風車，送我到溝子口的租屋大門。同學們都很羡慕我的「闊氣」，還沒畢業呢，就已是計程車常客的半個社會人了。

正式出了社會，開始跑新聞，我卻險些成為計程車的輪下鬼。

當時，火車的鐵道依然貫穿台北市，許多路口不是設有平交道，就是高高疊起了陸橋；敦化南路與今日市民大道的路口，就橫亙著一座「復旦橋」陸橋。有一天，在頂好市場後面吃完中飯，急著要去台視餐廳，與朋友見面；眼見要遲到了，我下了陸橋，等不及到八德路口過紅綠燈，決定抄近路，越過快車道，到對面去。只不過，連警告的喇吧聲都沒聽見，我就被一輛緊急煞車的計程車由後劃上了引擎蓋上，霎那我知道，我被撞了，還逞了個大字，躺在車蓋上；還來不及驚魂甫定呢，我趕緊一屁股溜了下來，一回首，卻看見開車的司機與裡面的乘客，都像是被巫婆的魔法給定住了，每人都瞪大了眼，微張著嘴，看著我，傻在那裡；那個當下，我居然可以向車子裡失了魂魄似的司機與乘客揮了揮手，火速扔下了他們，快步的接續我該走的路。

如今每次回想，我都慶幸命大，沒有因此斷了手腳，折了腰骨；當然，也分外對不起那位計程車司機，可憐他被我嚇得不輕，說不定還要去行天宮收驚才成。

後來去了日本，發現日本的計程車費是國內的數倍，才知道台灣果然是寶島，食衣住行，樣樣都比日本便宜又方便。

去國十二載，等到真的回來，安身立命了，這才發現，我有嚴重的回鄉症候群，每天出門都要生氣；不是購物買單的人群不守秩序不排隊，就是被街道上住家伸出來的冷氣廢水淋在頭上，其中，計程車司機就為我上了好幾堂無語回報的震撼教育。

當時解嚴數年，政治成為眾人最為關注的話題（今日好像也歷久不衰？），計程車裡，居然也會成為各種顏色各種政治立場的小小政見發表室，咱們的運將大哥恰好就是如假包換的政論名嘴。

某日，上了計程車，運將刻意將收音機裡政論節目的聲音轉小聲了，我的竊喜還沒消失，運將就開始做民意調查，詢問我將會選哪邊的立法委員？我據實以報，家父是退伍軍人，從小被灌輸了愛黨愛國的觀念，所以會選藍色的。沒想到，運匠當場大怒，鮮血淋漓的破口大罵G黨才是禍國殃民；瞬間，我在後車座縮成了一團，深怕他衝動過度，帶著我一起衝到大直橋下的河裡洗澡去。

第二次，我變得乖巧了，一上車先聽運將的口音，再看他貼在前座的姓名表，心想，他一定是綠的。當他開口詢問我的投票傾向時，我跟他說，我那選區一位綠色候選人的表現不錯，也許我會考慮選擇那位綠旗的人；運將聽了後，有短暫的沈默，我有點慶幸，以為已經過了這一關：沒想到，運將是有意蓄足了胸口的火氣，忽然間，如火山爆發似的，轟轟然的批判起來了：「他們有神魔本宿（什麼本事）主會照緩（只會造反），不會著狗（治國）啦。」於是乎，我再次灰頭土臉的下了車。

第三次，我當然被訓練得更聰明啦！運將一開口，還沒問我話呢，我就先發制人的告訴他，我對政治沒興趣，不會去投票。如何？想來我這下必然可以滑壘得分了，對吧？錯！運將像是罵兒了一樣，劈頭就指責我，就是因為你們這些自私鬼不關心政治，台灣今天才會破敗成如此不堪的地步。老實說，我的眼淚幾乎被運將給罵下來。

於是乎，有段時間，我得了計程車恐懼症，寧願等上數十分鐘還不來的公車，也不敢招手叫喚計程車。某夜，下大雨，沒帶傘，回家的路，沒有計程車絕對會淪為街頭的喪家犬，只好硬著頭皮，叫到一輛計程車。上車前，我拼命對自己精神喊話，打定主意的要跟運將說，我重感冒，頭痛欲裂，不能說話。等到上了車，忽覺到了不同國度似的，不但有股玉蘭花的清香撲鼻而來，收音機裡，傳出來的不僅不是政論節目，反而是孟德爾頌的古典音樂。各位可以想像出我當場的表情嗎？到了家門口，我不但慷慨的多給了他一百塊錢小費，還幾近感激涕零的跟運將說，這是我搭乘過最棒的計程車，希望以後能經常遇見他。

林子大了，當然就會養有各種不同的鳥兒。

有一回，才上了車，計程司機就在手機裡安撫對方，說是繞了近一小時，才載到客人，等到這個單跑完了，他一定立即會趕去醫院，請醫生務必要趕緊幫他女兒動手術，他就算立刻去賣血，也會把錢送去醫院。掛了電話後，他口氣沈痛的對我敘述女兒的險境，我雖然有些不忍，但腦子的警鈴立刻響起，不是聽說有運將騙子正行走在江湖中嗎？到了目的地，我的皮夾裡剛好沒有零票，也只好順水人情的將一千元交給他，不用找了，也祝福她女兒早日康復。沒過兩天，我的一位老友或許剛好坐上了那位運將的車（難道會是一個運將騙子集團？），偏偏碰到年底，她剛好包裡有不少現款，在極度同情的情況下，她居然將現款全都給了運將（是我付的數十倍）：聽她一說，我馬上警告她，肯定是騙子。因為我，她那被重度傷害的表情停格在那裡，久久緩不下來，這令我萬分後悔，直在心裡責備自己，不該多話戳穿騙局的。

如今，捷運多了，公車進步了，除非不得已，已鮮少搭乘計程車，就算偶爾搭乘，也顧不得會引起運將的不快，除了請他們關掉震耳欲聾的政論節目（電視居多），也會立刻擺出閉目養神狀，不讓運將有即興演講或是找我攀談的機會。

我卻是始終在懷念那個雨夜裡，安謐地收聽古典音樂的運將，希望他生意興隆，健康如意。

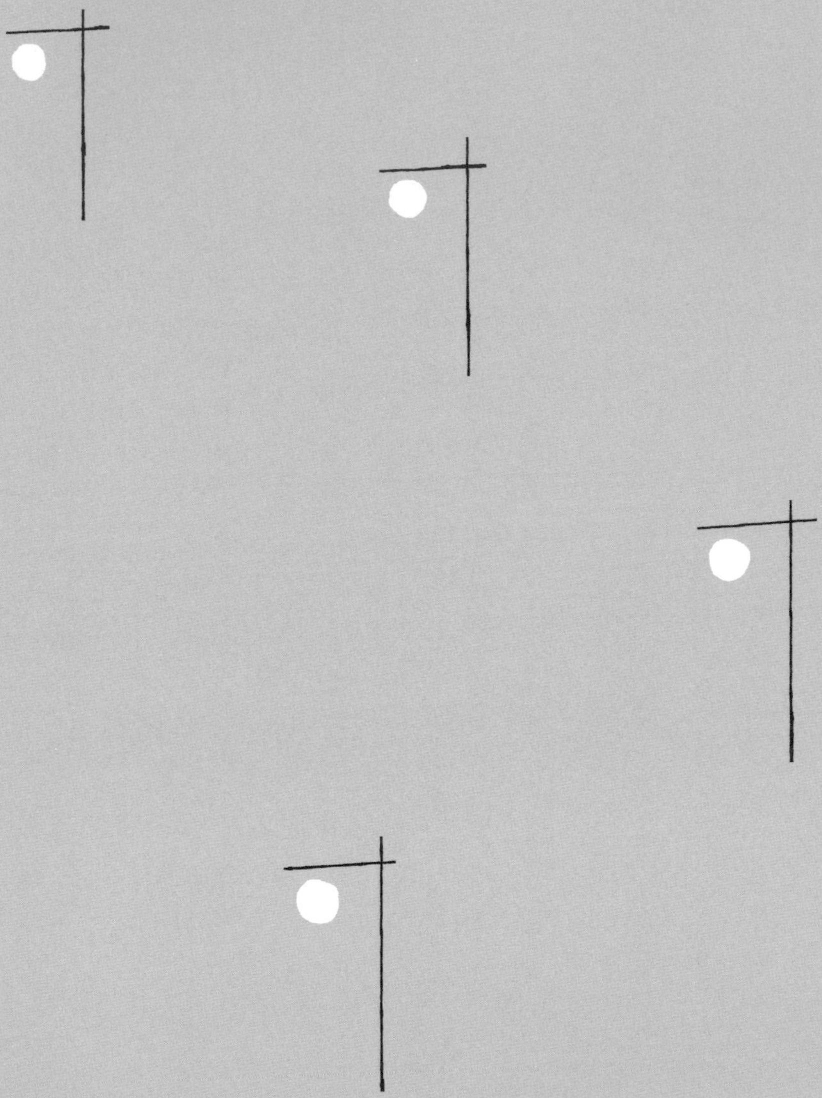

輯三

轉角遇見你

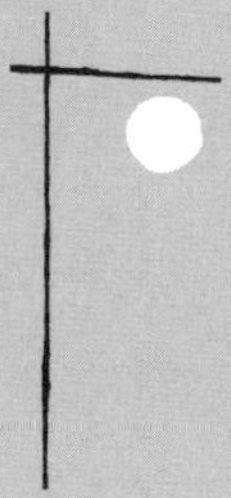

跳動七十二

台北市仁愛路，由總統府直通市政府，沿途的扶疏大樹、寬敞視野，也造就了這條馬路的非凡氣質。我每每會刻意繞到仁愛路的人行道上行走，沿途的幾家數十年不變的加油站、滷菜店、粽子店，畢竟浸潤了許多深刻難忘的陳年往事。

行至仁愛、延吉街口，我總是要在一棟磚紅色的大樓前駐足一陣；樓上某層樓的一個空間，便是成就我後半生奇幻旅程的一個關鍵所在。

二十六年前，我剛自日本班師回台，每天跟著柯導和他的幾個學生，窩在南京東路底的一個小辦公室，看影片、聊故事、寫企劃案、跑電視台，總覺得機會很多，日頭正夯。

某日，老友左菁華約我喝咖啡，詢問我是否有意願到某一傳播公司擔任副總經理的工作？她還開出附帶條件，只要我有需要，她隨時會出手襄贊，雖說她在該公司只佔了個無給職的顧問頭銜，但我很容易就被說服了。

公司設在剛開發的信義特區，股東多人，皆是唱片與影視界的名人；真正的幕後老闆是傳播界的大老，因同時兼有某媒體負責人的頭銜，不便公開出面。

我與他算是舊識了，曾經帶動台灣社教節目收視高峰，如《跳動七十二》、《法網》的主持人，朱友龍先生。

他非常禮遇我，立刻與我談心，將他當時遇到的一些瓶頸問題，都說了個清清楚楚。適巧要過年了，我這才發現，空間不小的辦公室兩人沒有在上班。朱先生只是跟我說，年後要搬家。然後，我才由側面得知，原先的股東都撤股了。

年後，公司果然搬到了仁愛路、延吉街口的一棟大樓裡，唯一不同的是，住辦合一，也就是說，朱先生夫妻也住在裡面。一開始，我總覺得很怪異，經常時過中午，朱先生才穿著睡衣走出臥室，並向朱太太抱怨，一夜沒睡好。時過下午六點，我們仍在加班趕案子，朱太太已經在廚房大油大火的炒菜，整個辦公室頓時瀰漫了菜香味。

我也慢慢得知，朱先生要靠一己之力，支撐這個公司，還真是有點吃力。某天晚上，我在公司加班，他由司機送回家來，顯然心情很好；他跟我說，人到他這歲數（當時應有六十），還可以跑回新竹的老家，跟老爸爸伸手要到錢，還真是很爽，霎時，我彷彿看到，朱先生的肚子裡，真像是住了個沒長大的小男孩。

朱先生在傳播界是名人，還在某家電視台擔任過節目部經理的高位，照理說，憑藉著他舊有的關係，我們公司一摞摞包括戲劇、綜藝、社教節目的案子，應該是做不完才對，但是很奇怪，企劃案每每送到電視台去，都是石沈大海，只能依靠省政府的某些標案，才能勉強打平管銷。

某日，朱先生臉上的陰霾又不見了，他要我下班後別回家，晚上與他到仁愛路的福華飯店咖啡廳，與中視的J總聊聊節目的事。朱先生很篤定的跟我說，J總是他同學，這個面子是一定會賣給他的。

果不其然，J總開門見山就說，中視一個叫座的社教節目《愛心》已經製播了一段時日，他建議我們能開發一個新的節目企劃案，來替代《愛心》。回公司的路上，朱先生對我很期待，希望我能擬出好的企劃案，我信心滿滿地跟他說，一定會盡心盡快地趕出來。朱先生的菸癮很大，他邊走著路，邊又接連點上菸；我一時衝動，居然跟朱先生建言道，朱先生的心臟不是很好，應該及時戒菸；如果一個老闆都不知道愛惜身體，又如何讓員工放心地為公司衝鋒陷陣？朱先生彷彿被我的話觸動了，他順手把口袋的洋菸往樹叢裡一摔，立馬跟我說，是要戒，現在就戒！我瞬間也高昂起萬丈豪情，直覺得跟對了人。

一夜沒睡，我回家就振筆疾書，寫就了《點燈》的企劃案。隔日，捧著滾燙出爐的案子，遞給朱先生時，發現他又習慣性的點起了香菸，頓時被嗆到差點呼吸停止。朱先生要我打鐵趁熱，趕緊將企劃案送去中視。

我在總經理會客室裡坐了許久，只見有人不停地進出送取公文；雖說J總在裡面說電話的聲音充耳可聞，我卻始終不獲召見。好不容易，秘書小姐出來了，說是J總很忙，要我先回去；我問，何時才有空呢？她有點不耐煩，要我回去等消息。

我一回公司，就將吃了閉門羹的事情向朱先生報告，朱先生大怒，爆出的當然也不會有好話。

於是，我向朱先生表示，既然中視不要，我可以把《點燈》的企劃案送去華視嗎？朱先生一揮手，沒好氣的說，隨便我處理。我火速與華視企劃組的組長葛士林聯絡，他要我把企劃案送過去。

三天後，葛組長給我電話，恭喜我企劃案過了，而且是全場通過，沒有一個人有異議。我的心跳頓時由七十二下，跳到了一百二，立刻歡天喜地地將這個喜訊告訴朱先生。沒想到，朱先生的面色凝重，久久不吭氣；好不容易，開口了，只冷冷地說，你出去自己做吧；我沒懂，他又說，《點燈》這種節目若是他來做，一定會賠錢，如果我自己做可能可以小賺一點。我終於知道，因為《點燈》，我被解雇了。

可以想像，我當時真是滿肚子的火，惱怒於他居然不願意承擔這份責任。

於是急忙帶著剛招考來的兩位企劃，匆忙的另外成立公司，開始籌備《點燈》的製播工作。

全力衝刺後，《點燈》一播出就紅了，成了華視的招牌社教節目。

我不只一次的由朋友口中得知，朱先生萬分懊惱，後悔當初沒能留住《點燈》。後來碰過他本人一次，他也毫不掩飾地跟我認錯，直說自己沒有眼光。

如今，朱先生早已故去，不知不覺中，《點燈》的製播也進入到第二十五個年頭。我反倒是感恩起朱先生以及當年中視的J總，若不是他倆，又有誰來為《點燈》這樣正能量的節目催生？又有誰來教導我，世間的是非對錯，會隨著時間的推移而倒置翻轉？

二十六年的滄桑

她的姓不好唸，十個人裡面有六個唸成「斬」，一個唸成「斤」，一個唸成「革」，一個唸成「那個字不會唸」，平均只有一位是極有把握地讀成「進」。

她是靳（讀「進」）秀麗。

認識她，完全就是緣分。

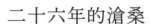

二十六年前，秀麗剛自美國紐約留學回國，她的第一志願，當然是回到華視新聞部，只可惜一時沒有空缺，她必須等待機會。

剛好，我投進華視節目部的企劃案《點燈》過了關，立刻得風風火火的開始籌拍。我提出的節目主持人名單，送進節目部後，當時的節目部經理陳剛信先生，把我叫進了辦公室。他直接了當的跟我說，靳秀麗剛自國外回來，具有國際視野，加上原先的新聞專業素養，對一個新的社教節目來說，應該是有正面意義的；然後，陳經理又加上了一句：「靳秀麗的外型很好，長了一副貴氣相，肯定會是最合適《點燈》的主持人。」

與秀麗第一次開會，我便對她口齒的清晰，思路的明確，留下深刻印象。當然，透過攝影機的鏡頭，秀麗頗為立體的五官，也佔盡了便宜；果不其然，她的氣質是出眾的。

我自認是個嚴格的製作人。首先，我不准棚內出現大字報，那表示主持人沒有做足功課，對邀請來賓的故事，尚未深入了解。是故，每集節目的開場白，主持人都得口若懸河的背好；節目進行的過程中，主持人可以偶爾低頭，看一下腳本，但不可以低頭太久，那會對來賓不夠尊重，同時也會影響節目的品質。

挑毛病，是我的職業病。有時候，秀麗會跳躍出腳本外，問出腳本不曾問到的問題，我也會不假辭色的指正她。我的理論是，每集故事半小時，扣掉廣告與片頭片尾，僅剩二十二分鐘左右，我們企劃團隊設定的每個問題，都有故事的脈絡延展，如果岔了開來，事後的剪輯，就要大費周章。

同樣的，所有的外景部分，主持人當然都要到場，做完整的串場，這是節目的風格呈現，不能有任何一集有例外。所以，主持人的工作天就會自然增加。

後來，節目的總策劃石靜文偷偷來跟我咬耳朵，批評我在工作現場過於嚴肅，為何老是板著一張臉，說話的嗓門又大聲，害了秀麗很緊張不說，還挺怕我的。我嘴上逞強，辯解道，工作場域本來就該一板一眼，我又不是瘋子，絕不會沒事找她的碴。但是，內心裡，我聽進去了，偶爾會跟她聊一點工作之外的話題，但顯然地，由她的眼神中，我讀到了一絲不自在。

的確，秀麗真的是非常敬業的跟著我們全國跑。我們坐飛機去高雄，報導器官捐贈、活體換肝的故事。我們又飛到嘉義，追蹤器捐的報導，還同時簽下了器捐的同意卡。我們還顛著山路，上了梨山，報導國寶魚櫻花鉤吻鮭的滅絕危機；也長期進出醫院，記錄兒童癌症病房的故事。秀麗的反應越來越快，只要攝影機一架好，她立刻就上工，很少ＮＧ。

天道酬勤，隔年的「金鐘獎」，秀麗就入圍了「最佳社教節目主持人」獎；雖說當年的獎座最終沒有到手，但在我的心目中，秀麗的努力與成績，絕對已是我心目中的最佳主持人了。

每週週播的量非常大，我們幾乎都被綁在周而復始的工作裡；偶爾聊天，我才得知，秀麗父母的年紀較大，她已然開始擔心父母的健康與病痛。相對的，我們很少有機會私下聚會吃飯，基本上還是將工作列為第一順位。

台灣的頻道接著開放了，所有的電視生態有了大規模的改變；秀麗的知名度水漲船高，許多其他節目開始邀請她主持，甚至新聞的專業頻道，也邀請她穩當的坐上主播的寶座。慢慢的，許多《點燈》的外景，秀麗無力負荷了，我的內心也起了化學作用，認為秀麗已經不再將《點燈》當作她在專業領域中的「首選」，因而動了撤換主持人的念頭。

我永遠記得，秀麗在《點燈》的辦公室，得知卸下主持棒的消息後，頓時淚如雨下，那個當口，我心軟了，但是秀麗很快就搭上電梯下樓，絕塵而去；我經常會想起那一幕，如果她能坐下來，與我聊一聊，分析一下她日後的工作量安排，或許，結果又會是不一樣。

秀麗是個沒有城府的「傻大妞」（我一向背後如此戲稱她），與螢幕上的端莊形象不同，私下的她經常大著嗓門，抱著朋友又叫又跳，二十多年來，從未改變。每逢《點燈》碰到週年慶，錄製特別節目，只要是邀請她鳳還巢，她都是一口答應，絕對不做任何的搖擺作勢。

有一度，《點燈》節目在某台遭到空前的考驗，一位主管出爾反爾，毀棄承諾之餘，還不帶好意的當面吐我的槽，大意是說，我絕對得不到任何奧援，來替《點燈》找出路，唯一的例外，《點燈》第一任主持人靳秀麗，對這個節目還有感情。我當場幾乎被嗆到喘不過氣來，但是，幸好有秀麗的情義相挺，讓我日後終能勉力升起能量，緩緩由谷底向上攀爬。

因緣委實不可思議。秀麗後來無法忍受台灣新聞媒體的沈淪，決心放棄最愛的主播工作，轉到大愛電視台，擔任節目部經理的工作。

二〇一八年夏天，大愛台的總監葉樹姍找到我，商議將《點燈》安排在大愛台製播。很自然的，我與秀麗再次於電視台的會議室碰面，秀麗轉而成為

「督導」我的長官了。但是，秀麗沒有給過我一絲臉色或是官腔的伺候，她非常熱心的協助我與工作團隊，哪怕是遇上任何問題，她都很有承擔的負責去協調溝通，讓節目得以順利的在大愛的頻道上，與舊雨新知，重新聚首。

二十六年前，我們團隊與秀麗一起打過非常輝煌的一戰；誰知道，二十六年的滄桑，換來的卻是一幕激動人心的喜相逢。人生的確太有意思，只要心有善念，存有希望，不輕易棄子投降，誰能預測，另一幅美麗寫意的風景，又會展現在你的眼前呢？

小杜與小張

稱謂，很有趣；在姓氏上押上一個「小」字，瞬間就拉近了彼此的距離。

早年的台視，尤其是老三台時代，節目部有兩位「小」字輩的人物，是可以橫著走路的，一位是小杜（杜士林），另一位是小張（張湘生）。簡單的說，他倆是劇務頭頭，所有節目預算的編列執行、演員及工作人員的通告發送、錄影的道具準備，都需要他們細心縝密的統合完成，沒了他們，節目是萬萬推動不得。很有幸，我在就讀世新時，得以與他倆結緣。

先說小杜。

介紹我進台視實習的「導演學」熊廷武老師正好在成功嶺拍戲，他要我自行前往台視，向「台視劇場」的湯生導播報到。到了台視門口，堵在櫃檯，鼓動著一雙類似金魚眼的警衛，任憑我說破了嘴，就是不讓我進去不說，連內線電話都不給打，硬是要我滾蛋。

或許，此一警衛也是上天派來磨練我的老師之一。數度被趕出大門的我，在最後關頭，跟自己對話：「走人吧！如此像是狗一樣，被攆著走，太沒尊嚴了。不過，要是轉頭走了，可能就此失去實習的機會。」於是，我對著自己精神喊話，加油！再試一次吧！

當我走進玻璃門，還沒張口說話，彷彿吃了炸藥的警衛破口大罵，只差了沒把我拖出去；此時，我也火了，據理力爭的以非常大的聲音，將我的目的吼給他聽，此時，小杜剛好有事走出來，一聽我言，連正眼都不看警衛一眼，更別說是登記了，他立馬對我招手，只說了聲：「走！跟我進去。」

如是這般，我不但進了台視，小杜還跟我說，往後就算不是湯生導播的戲，也要我去幫忙；他說，剛好需要一個幫手，看我還機靈。

小杜不多話，一張嘴就是正宗的北平腔。他斜背在身上的背包，不曾放下過，我猜，那包裡隨時都裝滿了鈔票，無論是演員的酬勞，我們的工資，隨時要買的道具，都在那包裡。自從當了台視的劇務後，我的眼界逐漸打開，除了帳務不用我碰，其他的大小瑣事，小杜都扔給了我以及另一位較我資深的「小查」。甚至不僅是「台視劇場」而已，其他如「週三劇場」、「兒童電視劇」，乃至連續劇，只要是小杜勢力範圍之內的節目，都有我一份。

我也注意到另一位劇務頭「小張」的存在。

小張是台視皇牌——歌仔戲「天皇」楊麗花的御用劇務；許多閩南語劇，都是小張的領地。小張很酷，話一樣不多，老低著頭往前衝，連頭都不抬；他愛吃檳榔，嘴角永遠積存著血紅的檳榔渣。偶爾，他看見我，會冷冷問我一句，忙不忙得過來？我懂他的意思，趕緊搖頭，他不再理我，又像是加足馬力的三輪車，一溜煙就消失在節目部的走廊末端。

人說同行是冤家，我卻從未聽說過小杜與小張之間，有過什麼糾葛。

等到我離開台視，進入報社後，反而跟小杜有了私下的聯誼。單身的小杜，在台視後面租賃了一間公寓，只要沒事，我就鑽進他的公寓，看遍他租借的各種錄影帶；有時候，小杜與幾位台視的導播、演員在裡面打牌，我一樣看我的錄影帶，等到吃飯時間，他們就領著我，一起去吃家常菜。

小杜後來交了女朋友，換了，再交，結婚了。小張好像依然是孤家寡人。台灣的電視生態因為解嚴有了極大幅度的變化。慢慢的，小杜與小張，也陸續離開了台視。

幾位時有聯絡的資深演員，經常進出由董德齡掌廚經營的餐廳。有一天，住在台中的華真真決定專程北上，與昔日的台視同仁餐敘，董德齡要我當召集人，我欣然承諾。

曾是台視當家小生的江明，是大夥極為想念的老夥伴；他先後移民美國與上海，前幾年落葉歸根，定居在淡水。朱莉莉導播告訴我江明的聯絡電話；電話一通，江明十分熱絡，他說，剛過八十，已經不參加任何應酬，但是台視老友的聚會，他一定出席。臨要掛電話了，江明忽然問我，有小杜的消息嗎？他十分想念小杜，我回應他道，聽說小杜住在新店的山裡面，應該找得到。

華真真亦然，她說，以前經常接到小張的電話，要她接戲；多年失去聯絡，她非常想念小張的聲音和他的人，希望也能找到小張重聚。

因為時間匆促，第一次聚會，到了二十幾位台視老友，但是小杜與小張都還來不及找到。等到董德齡的餐廳確定要在二〇二〇年的二月底結束了，大家又火速決定，再次聚集；這一趟，是絕對不能再漏掉小杜與小張了。

江明卻說，天氣不穩，他要缺席了，我心想，由上海回來的夏台鳳與華真真都指名要見「江大豬」（江明的外號），他怎能告假？終於，先是找到在新店山裡隱居的小杜，然後得知，誤傳已經離世的小張仍在，只有小杜找得到他。

快馬加鞭的，我在電話中告訴江明，小杜找到了，江明的興頭立馬高揚，答應一定出席。然後，小杜親自跑了一趟小張的住處，告訴小張，老友們要聚會了。

再見的那天，小杜準時出席，他不太有把握，人在上班的小張是否能夠由中和趕過來。不過，看見江明、華真真、夏台鳳、唐琪、施茵茵、龐宜安、滿臉喜悅的與小杜擁抱，還臨時把小杜的老婆叫來，我心想，只欠小張了。

終於，大家都要吃飽了，小張才坐著計程車出現在眾人眼前。看見小張，許多人都眼眶濕潤了，他像是縮水一般，完全像是個小老頭不說，加上長時間一人面對看守的庫房，沒人說話，就連反應都慢了好幾拍。華真真第一個受不了，躲在一邊抹眼淚，哽噎著說，小張好可憐，到了這歲數，還是孤家寡人的要工作，不像小杜有個溫暖的家。華真真臨時由皮包裡掏出兩萬元，放進自櫃檯要來的紅封套，要我幫忙塞進小張的口袋；第二天，江明也私訊給我，要我幫忙打聽小張的帳號，他要匯兩萬塊錢給小張。

就在農曆年前，這群熱情不曾稍減的老小孩們，幸運的都相認相聚相互取暖了；而我，在每張喜滋滋的臉孔上，也應證了一件事：真是慶幸啊！我曾經歷經過一個美好的時代。

不一樣的女強人

遇見她，應該是聖嚴師父牽的線。

電視上經常看到，一位炙手可熱的新聞主播，葉樹姍。精明幹練是所謂女強人的專用符號；心想，她一定也很難相處。

後來，為聖嚴師父在中視頻道製作了《不一樣的聲音》對談節目，邀請的來賓是社會上各個階層的傑出人士。身為製作人，我覺得主持人一職，應該是以氣質取勝的作家最為合適，是故先後邀約了文壇名家施叔青、蘇偉貞來擔綱重任。

兩年過後，節目需要改變形態，與時事更加緊密連結，於是想到，應該要找一位坐過主播台，反應機靈的專業人士來接任主持人才好。適時，時任電視台新聞部經理的葉樹姍請辭，這不是剛好湊巧？不過，立馬假想，她一定很難搞定，我需要擬一個足以說服她的說辭，否則兩句話就被她堵回來了。

我做了很多沙盤推演，重複在心中演練，就怕抓起電話聽到葉樹姍的聲音，我就開始結巴。

等到萬事就緒，做好深呼吸，清好嗓子，終於鼓起勇氣，撥起電話。電話一通，對面傳來一陣如銀鈴般，響脆有力的聲音；我的喉嚨一下縮緊，口吃的毛病硬是給擠出來了。

結結巴巴的做了自我介紹，當然也簡略說明了節目的性質，很幸運的，她非常有耐性地聽完了。我又說，如果她有時間，願意親自去拜訪她，當場再仔細說明。沒想到，她俐落的說，不用見面了！我的心頭一緊，心想完了！然後她又說，好啊！我又傻了！呆了幾秒鐘，立刻再詢問她，確定願意接下《不一樣的聲音》主持人？她說，對呀！我願意呀！

掛了電話，我還是有點坐在雲霧裡的感覺，她怎麼那麼好說話？連主持費多少都沒問，就這樣答應了？

我們連續八年的合作，於焉開展！

聖嚴師父才錄完樹姍主持的第一集節目，就忍不住地跟我讚嘆道，這個葉菩薩的專業太厲害了，不但時間掌控得宜，要言不煩，抓得住重點，反應還特別快。我跟著也雀躍起來，這表示師父也轉了個彎，嘉獎我找的人不錯是不？

接觸多了，才發現樹姍是個單純的人，心裡有什麼事 ，全都寫在臉上，不用你去猜想，這對我來說，少了許多煩心的事。不過，她對工作的要求是一點都不馬虎的。有一回，請她事後錄製旁白，準備播出聖嚴師父前往柏林弘法的紀錄片。也許是後製時間太趕，企劃沒有在影片側面加上地點的說明側標，等到節目播出後，她跑來責問我，為何發生這樣的疏失？這還不打緊，聖嚴師父也跟著過來低聲訓斥我，師父說，他很忙，沒有時間看電視，但是我身為製作人，應該做好把關的動作，這是責無旁貸的事。

樹姍為我上的這堂震撼教育課，讓我日後受用不盡。

樹姍侍奉父母至孝，是朋友圈裡有名的。

有一回，她帶著父母到日本旅遊，我剛好前往日本公幹，就與她約好，在東京會合，然後去京都、奈良一起旅遊。只因會合的前一夜，與朋友歡喜過頭，多喝了酒，以致宿醉到進入新幹線的車廂時，樹姍厭惡的皺起眉頭，以手掌拼命在鼻端煽動，埋怨我為何這麼臭？喝那麼多的酒？沒好氣的我，躲在一邊，先補我的覺再說！好在我家老婆大人在側，向她解釋前一晚的狀況；樹姍反過來叮囑我老婆，要多管束我，少讓我喝酒才好。

途中，經常發生葉爸爸與葉媽媽要吃不同餐點的狀況。一旦發現葉爸爸或葉媽媽的眼神，投射於餐廳的目光有所游離，樹姍立刻會果斷的決定，她帶著父親去日本燒烤店，我則帶著葉媽媽，到西式餐廳去。如此一來，兩位老人家，各取所需之後，也都開開心心地繼續下面的旅程，逍遙又自在。

每回看見樹姍和顏悅色，輕聲細語地與兩位老人家說話，我都要自歎不如！我家也有老人，捫心自問，我經常會在不知不覺中，對父母的言詞不耐煩，甚至粗聲粗氣的頂回去兩句，但是樹姍從來不曾如此過。她幫葉媽媽辦理八十大壽的宴會，安排的餐點與節目，都讓葉媽媽極為開心，旁邊的葉爸爸也跟著興致高昂起來，看在我們這些朋友的眼裡，都要慚愧地低頭反省，我們可曾如此貼心的喜悅過自己的父母？葉爸爸善飲，開心的時候，難免會追一點酒，樹姍不曾阻止過，只是輕輕的點一下執壺倒酒的我們，少倒一點；然後，看見葉爸爸一口飲盡，她頂多也是故意將眼睛睜得很大，笑上兩聲，就睜一隻眼，閉一隻眼的默默守護在葉爸爸身邊。

二〇一八年初夏，樹姍給了我一通電話，她說，看著我多年來，為了延續《點燈》的燈火，辛苦的四處募款，因為幫不上我的忙而深感無力；剛好她在大愛電視台承接了新的任務，可以更積極地做一點事，因此，要我把《點燈》搬到大愛台去製播。

由《點燈》節目第十一個年度開始，時隔十五年，居然又有電視台，願意為這個節目輸薪送材，而不用我再四處尋覓財源。有了這兩季節目的加油添碳，我們也才有餘力，回頭主辦六月十五日「今宵多珍重～向警消勇士致敬」的音樂會。

其實，多年來，每逢《點燈》主辦任何大型活動，樹姍都會主動拿個大紅包給我，也都是六位數字起跳，以實際行動，支持我們的社會關懷行動。人說好心有好報，樹姍此刻覓得一樁好姻緣；溫文儒雅，體貼入微的宋先生成了她身畔不可或缺的好伴侶，在朋友圈內可是該年度的十大佳話之一。

貴人不斷，是我這一生最為幸福美滿的寫照。值此《點燈》二十六歲生日的當口，藉由樹姍與我相遇的故事，同時要感恩所有為我點過燈的有緣人；我發願，守護這盞燈火不滅，是我報答師恩、父母恩、親友恩、眾生恩的餘生大願。

憨呆的水果奶奶

我跟他原先不熟，都是看電視留下的印象。

《點燈》節目十八週年，在國父紀念館舉辦紀念演唱會，承蒙阿郎（郎祖筠）的引薦，邀請了水果奶奶——趙自強聯袂登台，兩人表演了一段精彩的相聲（腳本也是他寫的）。節目結束後，負責交付菲薄車馬費的同事苦著一張臉，跑來跟我說，趙自強堅持不收。

雖說如此，我跟趙自強還是不熟。

點燈二十週年，在中山堂舉辦「哥哥爸爸真偉大～向軍人致敬」演唱會，主持人阿郎跟我說，趙自強雖然沒空參加，但還是親自撰寫了有笑有淚的腳本，交給阿郎與劉爾金，又以相聲的形式，為當日的活動做了完美的註解。

想當然耳，他亦是分文不取。

二〇一九年，點燈二十五週年，我早早就厚顏開口，邀約阿郎與趙自強擔任「今宵多珍重~向警消致敬」音樂會的主持人。我吃定了他倆，只要有他倆出馬，絕對可以高枕無憂。

多次會議與彩排期間，我總算與趙自強有了私下談話的機會。有一回，趙自強收斂了招牌的笑臉，很正經的跟我說，他創立的「如果兒童劇團」也已有二十年的歷史，可以為《點燈》募款。我還來不及稱謝，他就開始舉例，得以如何在精省預算的情況下，進行募款的公演。我知道，他是真誠的。不過，他不知道，點燈基金會的執行長Amy已經偷偷告訴我，強哥為了延續理想的實踐，經常四處送案子，尋找資金，僅是「如果兒童劇團」每個月的人事管銷，就要一百多萬台幣；我聽了兩腿一軟，自認絕無此一能耐。

果不其然，向警消致敬音樂會舉行的下午，演出團隊正在彩排，Amy匆匆跑來找我，說是強哥還是拒絕簽收少得可憐的車馬費補貼，並要我自己出面；Amy還強調了一句，他自己都這麼辛苦了，為什麼不收呢？更何況他還要養家啊。

跑到演員休息室，恰好只有強哥一人在座，正低著頭修改當晚的腳本。我二話不說，硬將裝著現金的信封塞進他那寬鬆的褲子口袋；他想掙扎，我按著他的手，板著臉，嚴肅的跟他說，他已然是沒錢的人，這份該拿的車馬費，為何不收？我又說，他若不收，我會很難過，好像《點燈》永遠要佔人家便宜似的。終於，他不掙扎，也不吭聲了。此時，水果奶奶慣有的那道悲天憫人的眼神，有如沾到水的畫紙，緩緩地自他的眼底漫延了開來。

慢慢的，接觸的機會有了，我又拿出當年從事新聞工作的慣性，直接向他打探，他的成長過程，是否享有許多難得的關愛與親情，才養成他日後偏好單純美好的兒童節目，甚至經營起兒童劇團？果不其然，強哥說，唸小學的時候，他便發現，他在填寫親屬那欄複雜的圖表時，他是班上唯一一個填滿的人，也就是說，自爺爺奶奶公公婆婆開始，到舅舅叔叔伯伯阿姨姑媽，再到表兄表弟堂哥堂弟，表姐表妹堂姐堂妹都俱全了。他說，他非常慶幸，父母的尊親都幸運地來到台灣，在此地開枝散葉，繁衍子孫；他的寒暑假不但可以回到高雄的爺爺奶奶家，還可以趕至苗栗的公公婆婆家玩耍；不但有豐厚的壓歲錢可拿，還有無數的玩伴得以一同嬉戲。

強哥特別提及了自己的母親。他又說，鄰居小朋友都說他爸爸很風趣很好玩，但獨獨他感受不到，因為父親對他就是很兇啊，只是，媽媽完全不一樣。他承認，他在學校雖然當班長，但很頑皮。有一回，一位鄉音很重的國文老師讀著課文，沒有任何的註解，同學們既然聽不懂，就開始說話玩鬧，他受不了了，站起來詢問老師，為何只讀大家聽不懂的課文？沒想到，老師當場勃然大怒，把他拽去訓導處，還把他的母親叫了去。

本來還一副無辜模樣的趙自強，一看到母親滿頭大汗地衝進訓導處，眼淚立刻撲簌而下；他說，他最無法忍受的就是看見母親委屈、難過的表情。

強哥也沒有金錢概念。

曾經，他是電視圈最賺錢的綜藝咖之一，只要站在一線主持人群裡，偶爾應上一聲，一集就可以領到五位數以上的酬勞，這對任何人都是可遇不可求的賺錢良機。不過，強哥居然向經紀人反應，這種錢賺得太容易，讓他良心不安，像是偷來的；他請經紀人幫他退通告。經紀人向他曉以大義，但他依然不為所動不說，還主動要求，想去主持製作費極少的兒童節目，害得經紀人差點昏厥過去。

一分耕耘，一份收獲；趙自強果然拿到了「金鐘獎」兒童節目最佳主持人獎；他自己歡天喜地，經紀人還是對他愁顏相向。

在趙自強的價值觀裡，錢，只是利益他人的一項副產品，只要做了對他人有益的事，錢自然就會生出來了。出道至今，有許多朋友向他借錢，他永遠是有求必應；有時候，對方開口的數目越大，他越是急著湊足給人家，他認為，人家欠缺這麼大的數字，肯定是碰到了非常棘手的事，怎可不立刻應急？也因為如此，他借出去的錢，多半都是石沈大海，再也看不到那些辛苦賺來的錢，如鮭魚回流一般，重新游回他的口袋裡。

趙自強平日的穿著非常隨意，夏天就是褪了色的T恤一件，冬天頂多加一件一樣褪色的外套。每回開會，準備的飲料或是點心，只要推到他面前，一點都無須擔心，他一定點滴不存留，全都吃進肚裡。有時候，他的助理小白為了他偏高的膽固醇尿酸血壓而企圖攔阻，可是，沒用，他就是惜福，就是不肯浪費。

新型肺炎猖獗肆虐期間，強哥兒童劇團的所有演出都停了，沒了收入，僅是每個月一百多萬的員工薪資如何籌應？強哥還是一副與他無關的神情，笑著說，員工已經建議了，頂多，所有的演出節目，都由趙自強自己出馬上台，再不濟，讓水果奶奶也跟著粉墨登場唄。

台上台下，本為兩個世界，不能攪為一談；不過，在我心目中，無論是強哥，或是水果奶奶，已然具有另一個代名詞～憨呆。

排演間的兩位明師

那一天的場景，乃至於兩位人生導師的每一個表情，每一句話，就像是唱片上的溝紋，脈絡分明，生動瞭然。

一個在校生，沒有任何社會經驗，眼界懵懂，一旦置身於五光十色的演藝環境裡，頭昏自是不用說了；那一份忐忑，攪在新奇與奮的空氣中，可以想見，我的呆樣，絕對「搶戲」。

台視地下室的排演間裡，導播是首席之一的龐宜安；笑聲很大，眼睛更是笑到往上牽引，字正腔圓不輸演員；但是，某種聲勢逼人的專業素養與嚴謹作風，絕對讓你有寒毛豎立的切身反應。進進出出的演員們，口中雖然盡是「老龐」長，「老龐」短，但我知道，他們之間有層薄膜隔離著，那就是所謂的敬重與臣服吧。就算是ＡＤ（助理導播）林文芝，雖然輕聲細語，貌極溫和，然而一道環視全場的冷靜眼神，顯現的也是一絲不苟的作風。總之，在「台視劇場」的工作環境中，小劇務如我，是絕對不允許犯錯的！

兩位資深演員坐在一起，等候上場排戲的空擋，窸窸窣窣的竊竊私語，擺明的就是非常尊重場內秩序。她倆赫赫有名，一位是以嚴厲權威的長者角色著稱，電影《秋決》的老奶奶，傅碧輝；另一位的戲路寬廣，《清宮殘夢》中的慈禧太后便是一絕的張冰玉。

彩排中，導播與ＡＤ對佈景的設計有點意見，臨時去找美術指導，排演間立刻像是老師不在的小學生教室，轟然一聲，炸開來了。

傅阿姨與張阿姨恰好聊到一個段落，同時回過頭來，打量站在她倆身後發杵的小劇務。

張阿姨先開口了：「你是新來的啊？還在讀書？」

小劇務拼命點頭。

傅阿姨的眼神一點也不犀利，親切地跟著問：「你叫什麼名字啊？」

小劇務趕緊回話。

傅阿姨忽然挺直腰桿，非常嚴肅的正言：「啊呀！這個名字太糟糕了！斗是量米的器具，斗裡面的米光了，這是要餓飯的呀！這名字太不好了！趕緊改名字！你得趕緊改名字。」

小劇務更是發傻了，一時之間，不知道該是點頭好，還是搖頭才對；正在猶豫不決之間，張阿姨說話了。

「不對！這名字多好啊！光斗光斗，光明的北斗星；北斗星是指引夜行人走路的指標，讓人不會迷失方向！北斗星發出的光亮多重要啊，這絕對是個好名字！不能改！絕對不能改！」

小劇務瞬間被感動了，想哭，可是哪敢？只是笑。

一個微不足道的小人物，因為名姓，竟然被兩位為人敬重的重量級演員如此看重，真是何其有幸啊！

自此以後，她倆只要見到我，立刻就熱情的呼叫我的名字，而不是一般演員簡單的那聲「小張」。

過了兩年多，退伍後的我，一時沒有找到其他的工作，還是回到熟門熟路的台視排演間與攝影棚。老一輩演員口中的「小傅」卻生病了。傅阿姨開始接受化療，婉拒了所有戲約。有的演員相約，想去探望傅阿姨，馬上有人阻止，說是傅阿姨嫌自己治療的模樣不好看，堅持拒絕友人的探病。然後，我聽到張阿姨說道，這個小傅就是硬氣，哪個人生病好看了？跟朋友見見面，說說話，不也挺好的？起碼心情會好一些嘛。

傅阿姨終究沒有抗病成功，所幸沒有受到病魔太久的折磨與凌遲，走了。張阿姨卻是依然堅守在她喜愛的演藝崗位上。

某次，黃以功導演的《怒海情濤》在台中出外景，有天收工得早，我領著幾位演員到家裡吃便飯；我們眷村家的紗窗，幾乎要被來看熱鬧的鄰居給拆掉。這其中，張冰玉阿姨也在裡面。

回到台北後，張阿姨叮嚀，要我去她家一趟，我當她有什麼事想託我代辦。等到按了門鈴，開門後的張阿姨，居然抱出了一個好大的袋子，裡面有吃的用的，琳瑯滿目；張阿姨說，是她前一陣剛自香港帶回來的（那個年頭，出國是十二萬分不容易的事），張阿姨要我帶回去給我母親，她再三感謝，那天在我家真是太過打擾，害了我家母親忙到轉不過身。

其實，眷村的成員，無論大大小小，哪個不是熱情好客的？尤其我那母親也是個人來瘋，特別喜歡有客上門，更別說都是些有頭有臉的知名明星啊！

我因此對張阿姨有了不同的認識。一件小事，她居然會如此慎重的反應，擺明了就是有情有義，不願辜負他人的一丁點好意。

後來，我轉赴新聞界工作，與張阿姨的互動就逐漸減少。不過，偶爾會遇見她的牌搭子。原來，張阿姨一身是病，紅斑狼瘡是最侵擾她的難病之一。不過，張阿姨堅持，每週一定要打幾圈衛生麻將，輸贏是其次，她最為享受的就是邊打麻將邊唱歌，一首一首的唱，唱到其他幾位牌搭子哀哀求饒；但是張阿姨不為所動，她說，好歹她也算是個明星，不花一分錢的聽她現場演唱，這是多大的恩典啊！怎麼還要嫌煩呢？

張阿姨的消化系統不好，她不時地要排氣，而且來勢洶洶，連環不斷；關於這一點，張阿姨絕對不會遮掩，她的牌搭子也就習以為常，不以為忤了。

二〇一四年的十月，張冰玉阿姨得到「金鐘獎」特別貢獻獎，當年的十二月，張阿姨因多重器官衰竭離世，享壽八十八。

我極其幸運，在人生的每一個轉角處，總能遇見給我啟示，與我結上好因緣的明師益友。

每回對外演講時，我也喜歡將傅碧輝、張冰玉兩位阿姨，針對我的名字，所衍生的那段真實故事，說給大家聽。我的目的無他，只是希望我們能夠及早認清「正面」與「負面」思考的異同。到目前為止，我的人生際遇與眾人一樣，起伏必然，但就算再窮再囧，也不曾如傅阿姨所擔心的，遇上米缸沒米，混不上一口飯吃；相反的，我永遠記得張阿姨讚揚我名字好的那一刻，她眼中閃耀的那一道激勵的光芒，那是我最為珍視的一份禮物，讓我一直有路可去，有夢可循。

傅碧輝、張冰玉兩位阿姨，擺在眼前，真是我難得的兩位明師。

網住秋水情長天

見到她時，我剛解事吧？

爸媽各騎著一部自行車，前後各載一個娃，去看電影。

那是閃進我人生記憶中，第一部重要的電影《苦兒流浪記》。

孤女被小馬戲班老師傅撿到，四處賣藝；一個風雪之夜，老師傅臥斃於荒冷的雪堆裡，孤女仰頭望天，無語絕望；飾演孤女的是童星蕭芳芳。

戲院裡，我哭得太慘，母親太沒面子，要我躲到太平門（出口）處去哭。

從此，我成了蕭芳芳的「鐵粉」。

蕭芳芳後來在香港的粵語片圈打出一片天；及長，退出影壇，到美國讀書。復出影壇後，改在國語片中嶄露頭角。她慧黠的眼神，閃動的全是對世間的好奇與熱情，那是她最為吸引人的智慧神韻。

我原本以為，我就是蕭芳芳單純的影迷，只要遠遠的看著她，祝福她，足夠了；卻沒料到，竟然會有近距離相識她的機緣成真。

當時，我在台視擔任製作助理，跟著黃以功導播，先是做「台視劇場」，後來再做連續劇。

「台視劇場」每週更新一個故事，無論是劇本或是演員，消耗量都很大。某次排戲，拿到的劇本是編劇夏美華寫的《網住一片情》，甚至連主題曲都由歌手王孟麗灌製完成，不禁更加佩服黃導播的企劃能力。

真正讓我喜出望外的是，黃導播居然自香港請來了蕭芳芳，飾演《網住一片情》的女主角。

見到蕭芳芳本人，真是一件賞心悅目的際遇；她親切動人，沒有一絲嬌氣，無論是排戲或是錄影，既敬業又謙虛不說，與其他演員相處的態度也和煦如春風，每位演員都在私下誇讚她。

有一場戲，飾演女導播的蕭芳芳，要從樓下順著樓梯跑上副控室；按照一般演員的演法，就在樓梯口故作氣喘狀，就能開始啟動演戲開關，但是蕭芳芳不是。她真的就從樓下一步步的往上衝，真的在大口喘氣，然後說出一段台詞；我算是開了眼界，原來所謂的專業、敬業，就該如此。

老覺得她非常有女人味，尤其是傾聽他人說話時，她總是側著半張臉，專注到幾乎失神似的，眼睛都不眨一下；後來才得知，她的一個耳朵有聽力障礙，她必須較常人更專心，才能正確無礙地聽取到對方的聲音。我不禁讚嘆，原來人是可以將自己的缺點，自然轉化成另一種正面的樣貌，這是需要多大的自信與努力才能做到啊！

《網住一片情》一經播出，不但佳評如潮，就連主題曲都一砲而紅。

過後沒多久，我轉至報社工作，恰好負責的是與老三台有關的採訪寫作。然後，得知了黃導播重組《網住一片情》的黃金陣容，請夏美華編寫連續劇《秋水長天》，女主角依然是蕭芳芳；就連男主角也由劉德凱連莊。

《秋水長天》劇組裡都是熟人，我雖然已不再是裡面的工作人員，但是大家待我有如自己人，任何時間都能如入無人之境似的，自在的進出劇組。當然，也就有了足夠的時間與蕭芳芳聊天，進行訪談。

有一回，蕭芳芳跟我說，她很喜歡台灣的新聞工作人員，我問她原因，她說，台灣的記者都是各憑本事，各有主見，各自問出不同的問題；不像香港，寫的都是統一發的新聞稿，長的一個樣，完全沒有個性。

途中，她回去香港一趟，再回到台北的劇組後，她託人找我，我去了。她從隨身包掏出了一個盒子遞給我，笑咪咪的，沒有多說什麼；等到我轉身打開後，才發現是一套高貴的派克鋼筆，當下如被閃電擊中，感動到不行。

她對我很信任，還託我約了當時紅翻天的作家三毛，在敦化南路的一家飯店見面。

蕭芳芳與三毛一見如故，兩人乾脆席地而坐，甚至當場交換彼此的寬裙子，開心到不行。蕭芳芳沒有避著我說話，她直接了當的跟三毛說，希望能購買三毛的著作版權，她想改拍撒哈拉沙漠的故事成電影。三毛並沒有迴避，她說有很多人來找她，她都沒有首肯，最主要的因素是她的心裡還沒準備好，荷西離世帶給她的傷痛，一直沒有平服。不過，三毛立刻強調，如果有一天，她想開了，蕭芳芳會是她的第一個順位。蕭芳芳沒有為難三毛，很快地就轉移話題，繼續與三毛天南地北的聊起來。

事隔三十多年，有一回，與三毛的大姐聚會，聽到陳大姐提及，可能會將三毛作品的版權交給大陸的一家公司改拍電影，我當場跟陳大姐提及三毛當年與蕭芳芳商談過的事；陳大姐非常惋惜地說，太遺憾了，蕭芳芳絕對是演繹三毛的不二人選。

人與人之間的緣分，半點不由人；因緣成熟了，自然就會交會；因緣結束了，便難再見，哪怕是居住在同一座城市同一條街，或許就老死不再往來。

我出國離台後，偶爾會途經香港，甚至經過蕭芳芳地址上的那條街，我會有所觸動，回想過去，看到現在；雖說不再聯絡，但偶然在媒體上看見的報導，知道她家庭事業兩得意，就算一再被耳疾所困，但相信她絕對是有所為，有所不為；進退自在，穩在當下。

前一陣，老友夏台鳳出版新書《相逢就是重逢》，書中也記述了與蕭芳芳在《秋水長天》合作的美好過往。一位好友將這本書轉交給了蕭芳芳，芳芳寫了段文字回給台鳳姐，台鳳姐立刻轉了給我，裡面有一段：「一喜、二喜、三喜，讀到張光斗的序文（對他當年在台北無微不至的照顧，我銘刻於心）。」

那年電視「金鐘獎」，蕭芳芳以《秋水長天》得到最佳女主角獎，坐在台下的我，內心激起的歡喜狂濤，如今依舊感受得到。此刻，別無想念，只希望蕭芳芳的耳疾不再惡化，健康歡愉，過好晚年的每一天（若是行有餘力，偶一出來演個好戲，當然更佳）。

趙茶房的茶水未冷

初次在華視走廊遇見趙茶房，趙寧，他剛自美國回台。

早在報章上看過他的漫畫，讀過他的打油詩與散文，覺著這人挺逗，老是以幽默自己來彰顯他人，還取了「趙茶房」做筆名，顯然有趣。

等到遇見了本人，發現他有點害羞，甚至木訥；然後才逐漸透視出，他的本質應該是調皮搗蛋、熱情衝動，只不過後天的家庭教育，將他塑造出世間知書達禮，溫文儒雅的典型樣貌罷了。

華視節目部顧問的職務，對於趙寧來說，有點太閒；每每我晃進他小小的辦公室，都發現他似乎無聊得慌，於是向他開口，是否幫我服務報社的幾個專欄，畫幾張插畫，他立馬答應，而且火速交稿，畫得有趣又活潑。

自此，與他開始走近；這才發現，在他周遭的朋友，特質都有點相像，譬如也是自美回國的主持人高信譚，肚裡有貨，出口有料固然沒錯，但都是屬於悶騷型，喜歡被看見，卻絕不自動繳械，自行拉開襯衫，讓你直接看見他內心錯綜綿密的凹凸肌理。

最開懷的時候，莫過於趙茶房又邀約我們到龍江街的趙府作客。他家的老傳令老梁，燒了一手好菜不說，蔥油餅、鍋貼等麵食，一旦入口，真的恨不得將十根手指都變成大拇指，棒棒棒，一下舉起十根姆指，才足以形容口舌之間，嚐到絕世美味的興奮與激動。

老梁一生奉獻給國家，不但回不了老家，就連失聯的妻子孩子，都老死再見不得。依照世俗的眼光來看，老梁是趙寧父親的下屬，但是，趙寧對老梁的態度沒有絲毫小少爺的倨傲蠻橫，相反的，有任何要求，都是以晚輩對長輩的口吻應對；由此看來，趙家的家教，果然不是一般。

趙寧平日總是循規蹈矩，斯文壓抑。不過，趙茶房的茶杯一旦換上酒杯，乾上幾杯泡了薑絲的紹興酒後，憂國憂民，感時傷懷的他，就是真情流露，淚水盈盈的趙酒保，肯定會讓圍滿一桌的酒友食客，也跟著主人一同揚棄臉上那副僵化到可厭的面具，回歸到自性本懷，真實古錐。

動不動就往有老梁駐防的趙公館跑，總是太不懂得人情世故，我們當然會不斷地轉移陣地，什麼蜀魚館、長風萬里樓、褉家餃子店；然後，就擠進一輛破車，直上紗帽山上的土雞城。

那一陣，幾位新聞界的同行，如陳國禎、屈振鵬、譚肖虎，雖然在採訪工作上各憑本事，互不相讓，私下倒是意氣相投，就算吃飽、喝茫了，也絕不會由紗帽山殺到萬丈紅塵的酒廊去沾染胭脂；相反的，我們帶上吉他，跟著文化學院畢業的那兩個愛唱歌的文青，回到他們當年把妹的私密景點，面對著山下燈火燦然的迷離世界，開始唱起當時流行的西洋歌曲、國語老歌，〈Dona Dona〉、〈five hundred miles〉、〈相思河畔〉、〈我有一段情〉。本來，我還擔心趙寧、高信譚會覺得太過陽春白雪，缺乏香粉增色，而吵著下山，沒想到，他們唱得更是柔腸寸斷；尤其趙寧，總是紅著眼框，彷彿我們還不算難聽的歌聲，掏引出許多藏在他內心拐角處的某些封存舊夢，倏忽在陽明山的和風月色裡，搖曳現前了。

生長在那個勿忘國仇家恨的年代裡，人的單純，就是把自己的出路鋪好，把對家人的交代與榮辱置於先端，至於是否能夠真的反攻大陸，大家的心裡都有底，只是不說出口罷了。一般知識份子，大學畢業就出國留學，留在國外的很多，返國就職的還算少數，趙寧是難得的一位。在那種嚴肅氛圍中，一介浪漫風雅的書生，要想在架構剛強的大環境裡，覓得出世的機會，老實說，難度頗高。

等到我也跟著飄移到國外，才由國內寄來的報章上看到，趙寧與崔麗心聯手主持的綜藝節目《女人女人》大放異彩，不但收視很好，還得過「金鐘獎」一最佳主持人獎，趙寧總算為自己爭到了著力的定位。我偶爾回台，與老友輪流見面，或許是因為趙寧紅了，也忙了，我沒有刻意與他聯絡，只是間接由朋友的口中收到他的問候。直到九〇年代，我回台了，偶然間，在華視門口遇見了趙寧。

趙寧非常熱絡，握著我的手，口口聲聲要約了相聚，還跟著指名要找幾位新聞界的老友。我當是他客氣，沒往心上去。

歲月或是寂靜流淌無蹤，或是暴烈匆匆驟逝。

某日，在捷運文湖線上，我才上車，就發現趙寧剛坐下，聽說他家就住在我公司的附近。急促的時間裡，我在猶豫，是否該過去與他打招呼？但隨之一想，與他許久未相處，一下子該聊些什麼呢？我遠遠望著他，已經成家並接連育有幾個孩子的他，雖是公眾人物，卻安然若素的落座在人群裡；他的眼神定在一個準點上，好似在沈思著什麼；他的兩鬢已見花白，我又在想，到了這個年歲還要擔負起一個家庭的家計重任，趙寧的日子就算充實，也肯定是不輕鬆的。

我終是沒有過去會他，直到他到站下車。

然後，就得知了他罹患癌症；很快的，就是他的訃告。

得知趙寧走後，我很想在《點燈》節目中，為趙寧做一集懷念專輯。透過中間人的聯絡，趙寧的遺孀劉茵茵婉拒了。過了一陣，我當時間或許已沖淡了一些分離的苦楚與悲傷，再次舊事重提，劉女士還是拒絕了。

二〇一九年的上半年，為了一場公益活動，友人馬國柱領著我，去拜會趙寧的胞弟趙怡。氣質與趙寧神似的趙怡，與我聊了許多，難免會提及趙寧，但有很多話題是繞在趙家的大廚，老梁的身上。我才知道老梁依然健在，已經一〇二歲了。

這兩天，在《人間福報》的副刊讀到趙怡的文章，是悼念逝去的老梁的。喔！老梁還是走了，去另一個世界尋找他這一世無緣的親人，以及視他若親的趙家的先人了。趙茶房這下應該不再寂寞才對，畢竟，他的熱茶溫酒，對上老梁的美饌好飯，這新的一局，肯定精彩。

懷念銀嗓子歌后

姚莉，年輕的讀者或許不知道此號人物；若是去詢問父母與婆婆奶奶，也許就知道答案了。

她有個響叮噹的別號：「銀嗓子歌后」。

姚莉唱紅的歌曲不計其數：〈玫瑰玫瑰我愛你〉、〈得不到的愛情〉、〈春風吻上了我的臉〉、〈蘇州河邊〉、〈一年又一年〉、〈愛的鈴聲〉、〈人生就是戲〉、〈森林之歌〉、〈留戀〉、〈桃花江〉、〈恭喜恭喜〉等等。姚莉的〈玫瑰玫瑰我愛你〉甚至打進美國流行音樂的排行榜，高居過第三名。

我是因為馬來西亞的歌手楊偉漢才得以親近姚莉姐的。沒錯，認識她的當時，雖然已經超過九十歲了，可是我們都叫她一聲姐。

偉漢知道香港有位著名作曲人姚敏，作過許多膾炙人口的流行歌曲，而興起向姚敏致敬的念頭，想要製作姚敏的紀念CD。姚敏有個妹妹姚莉，更是知名的歌手，兄妹倆一作一唱，是華人流行音樂世界不可多得的瑰寶。於是，偉漢自然要與姚莉聯繫了。

偉漢的熱忱與真心感動了姚莉姐，收了偉漢為最後一位入室弟子。偉漢是個有心人，也邀請了姚莉姐到吉隆坡，一連舉辦了數場以姚莉姐一生為經緯，並參入姚莉唱紅的四十首歌曲而成的歌舞劇《永遠綻放的玫瑰》；更進一步為姚敏的遺作，舉行過數場名曲欣賞會。

由偉漢的口中得知姚莉姐的林林總總，我也按耐不住，請偉漢介紹，帶著團隊，去香港錄製了一集姚莉姐的《點燈》專輯。

姚莉姐在上海出道時，金嗓子歌后周璇，已在全中國掀起狂風巨浪。唱片公司要她仿著周璇的小嗓子唱歌。慢慢的，姚莉唱出了名聲，在夜總會、舞廳獻唱；當她遇見了真命天子，便當機立斷的停掉了所有的演唱活動，嫁為人婦，並且相守了一生。

姚莉姐轉至香港後，錄製的歌曲更是大紅特紅，尤其是鍾情主演的一系列電影，都是她幕後代唱。她後來還被當時最大的跨國「百代」唱片公司聘為高級主管，統管東南亞的唱片事業。

她自己則是在唱片業錄製方式有了改變後，毫不戀棧的完全退休，不再唱歌。姚莉姐說，她已經習慣了錄音室裡與樂隊同步錄音的工作模式，那是某種專業的具體表現，是要有真功夫的；她無法接受隔著冷漠的玻璃窗，和著錄好的配樂，如機器般的錄製唱片。

與姚莉姐第一次坐下來聊天，我當下就向她致上無限的感謝；她有些不解，我說，從小因為頑皮經常被母親修理，可是愛唱歌的母親每每教唱我們姚莉姐的歌，便分外的溫柔，也讓我少挨了好多打。說著說著，姚莉姐不好意思起來了，她微微低下頭，抿著嘴，像是害羞的十七歲大姑娘；也因為姚莉姐的害臊，在座的人也樂得呵呵而笑。

姚莉姐說，哥哥姚敏比她有天分，作出來的曲子，不僅量大，而且質精。有一回，姚敏作了〈情人的眼淚〉（陳蝶衣作詞），說是電影《杏花溪之戀》

的主題曲，要姚莉姐準備錄製。兩天過後，姚敏又跟姚莉姐說，有一位新人的聲音很特殊，這首歌要轉讓給新人唱，姚莉姐當然說好。果不其然，因為這首歌，捧紅了另一位低音歌手，潘秀瓊。

我們在香港期間，潘秀瓊也剛好由新加坡飛到香港探視姚莉姐。看到潘秀瓊與姚莉姐親如姐妹的互動，我相信，她們的友情果然是經得起考驗的。

姚敏的驟逝，一直是姚莉姐無法療癒的傷痛。姚莉姐說，哥哥的人太好，不會拒絕人，所以工作量太大，幾乎不得休息。那一天（一九六七年），許多好朋友約了在某一酒店吃飯，姚敏在半途中說是累了，坐在沙發上打盹休息；等到姚莉姐過去叫他時，竟然發現姚敏已因心肌梗塞而故去。

與姚莉姐相聚，她絕對不准我浪費，每回都指名一家披薩店。姚莉姐說，那家店面有沙拉吧，地點適中，人也不雜，價錢也公道，總之，她可以搬出好幾個理由，就是要我節省。等到吃完了飯，閒聊當然會唱歌，只要我一開口，她立刻附和而歌，自然又純真。又說要照相了，她馬上禮貌的問道，可以塗一下口紅嗎？把我們逗得笑聲不斷。

七年前的隆冬十二月，為了點燈隔年的主題「愛不能等」，我們邀請了偉漢，姚莉姐，還有姚莉姐旅居香港的表妹Reena一起到台北作客。偉漢刻意由吉隆坡先飛香港，接到姚莉姐與表妹，再同機轉到台北。那兩天剛好碰到強力寒流來襲，老實說，我還真是擔心姚莉姐的身體，不過，姚莉姐每天歡天喜地的跟著我們出席記者會，到平溪放天燈，到卡拉OK店唱歌，狀況好到不行，完全不像九十出頭的人；等到要搭機回香港了，她才跟我說，這趟台北行，是瞞著美國的女兒，若是女兒得知，一定不准她出門。當場，我不禁默念了聲阿彌陀佛。

偉漢事後跟我說，他把姚莉姐送回香港的家，姚莉姐感慨地道白，這趟台北行太開心了，她就算明天大去，也都不會有任何遺憾了。我聽了自然也非常觸動，真是好一位自在知足的活菩薩啊！

這三兩年，姚莉姐的腿已經無法再登爬她住家的樓梯（她家是建在山坡的五樓公寓的二樓，無論上下樓都要蹬著樓梯），只好轉住到療養院。我每回要與偉漢相約，一起到香港探視姚莉姐，往往不是他不行，就是我抽不出空檔；

然後，又聽說，姚莉姐開始退化，慢慢不太認人了。如此一來，我遲疑了起來，若是硬要去探視姚莉姐，是否反倒帶給她挫折或是無奈？

今年的七月天，我在大陸幾個城市旅行，等到移動到蘇州，忽然接到偉漢的助理桂玲的電話。桂玲一聽到我的聲音就哽咽，我暗叫不妙；桂玲整理好情緒，才跟我說，姚莉姐當天上午過世了，享年九十七歲。那天，七月十九日。

蘇州城裡報恩寺的佛前，我一遍遍唸著心經，迴向給姚莉姐。雖說姚莉姐一生信奉天主，但我知道，在另一個國度裡，宗教是沒有國界的，她肯定收得到我的祝福，還有我對他的思念。

我所認識的小龍女

在我眾多女性朋友當中，她算是嬌小、纖細的一位；不過一旦論及氣魄、胸懷，她又是那種有為有守有擔當的女丈夫了！

她長髮披肩，輕聲細語，五官清秀，姿態曼妙，坐在那兒，絕對是位由古畫裡走出來的大家閨秀；但是，可不能在餐廳、咖啡店裡與她搶付帳，那會是一場災難，因為撕扯爭搶的招式很激烈，她往往就是那佔居上風，搶到帳單的爭鋒勇士。

第一次到她辦公室談事情，就發現她把工作的空間整理得齊整雅緻，品味不一般。她談事不囉唆，抓住重點，三言兩語就交代清楚，如窗外吹進來的微風，讓你在舒適的氛圍中，不經意地隨著她的節奏，俯首稱臣，愉快稱是。

真正開始與她深交，其實是受到另一位朋友的影響。一位在文壇上迭有佳作的耕耘者，曾為了肩負已故丈夫遺留下來的巨額債務，十分困苦的拉拔孩子成人，搏命似地奔波於書桌與銀行之間。有一次，她收到了同樣是在文壇上用心經營的另一位女作家的款項，啥都沒說，只留下關懷溫暖的眼神。

沒錯，這位女俠式的作家，就是鄭羽書。

羽書是有令人驚異的經歷的。

她在即將考大學的那一年，有感於家境的清寒無力，必須依靠自己的能力勉力升學，居然就有膽識，親筆寫了封信，寄給當時的行政院長蔣經國。在碰壁無數的情況下，她在信中侃侃而談，希望院長得以幫她覓得一個工讀的機會。沒想到，蔣院長果真幫她在稅捐處找到了一個工讀機會，讓她在日後，得以順利的就讀世新廣電。

我問她，為何敢寫信給蔣經國，她說，人在無路可退的情況下，膽量自然會勃發壯大。她說，當時經常在媒體上，看到蔣經國大力支持救國團，對青年學子的照護無微不至，是故，才會把腦子動到蔣經國身上。

自此，我對她過人的氣概膽識，更是佩服有加。

我一度在大陸拍戲，把自己逼到山窮水盡的絕路。有一回，好不容易把拍完的片子帶回台灣，卻又受困於行銷的無知，舉步維艱。此時，羽書找了我，要幫我出版當時正流行的電視小說。我身邊沒有一個幫手，羽書立刻自動請纓，將整套劇本搬回家去，無日無夜的開始整理，親自撰寫。等到我與某一電視台正要談論播映條件時，羽書即時印刷出來的電視小說，讓電視台高層大為驚艷，也間接幫助我，談成了那次的生意。

羽書是願意講真話的諍友。她私下跟我說，我所製作的那檔戲，劇情的鋪排與演員的搭配都很有新意，為何走到後面卻有些疲軟？我這才找到宣洩的窗口，將拍戲所面臨的資金調度、人心險惡、能力有限都說與她聽。她在嘆息之餘，還是請我去大打了一次牙祭，讓我知道原來台北竟有如此精彩的義大利菜。她同時教會我，有時候要善待自己，才不會進退失據，無法求得身心的平衡。

她後來在大連創業起家，經營過成功的餐廳，也因識人不清而重重摔過一跤。但是羽書從來不會避諱那些失敗的過去，她往往會拿出來，為後來的朋友當作教戰手冊。有一回，她邀請我到大連旅遊，介紹給我很多朋友，希望對我的工作有所幫助。那一趟，我也見識到了羽書的不容易，她以大連商協會副會長的身分，幫助過台商處理過大大小小的危機與紛爭。我也看到她出錢出力之外，還為了經營人際關係，意氣煥發地大口喝酒，勇猛到讓我瞠目結舌的地步。我當場覺得我枉為了男兒身，為何就沒有羽書的霸氣，勇於力戰群雄而沒有一點畏色？

羽書的女兒Victoria，是友人圈裡公認的貼心女兒。就算羽書不在，只要聽說我們這些叔叔到了異地，都要出面宴請；有一回，羽書與我們相聚太晚，手機沒電，她女兒可以由上海打遍羽書台灣朋友的電話，就是要得知，媽媽是否平安無事？

原來，羽書的身體有點狀況。有一次，在機場趕飛機，狠狠的摔了一跤；

過了一陣，平衡感還是有問題發生，她到醫院檢查，確定腦血管長了東西。醫生分析，動手術的危險性也不低，希望她能自己決定。最後，羽書瀟灑地揮了揮手，決心與病灶和平共處。

不過，羽書說，她在佛前向菩薩求請，希望菩薩多給她十年，讓她可以及時去做應該做的事。

羽書與我一樣，都是佛弟子。我皈依了法鼓山聖嚴師父，她則是在美國與星雲大師結下了師徒之緣。羽書曾發過大願，願將一個在家人，親炙佛法後的經驗與受益處，與眾生分享。她也希望能夠憑藉一己之力，召喚諸親好友，一同去為偏遠地區的孩童學子，做些關懷、陪伴、教育的工作。

從此之後，我看到羽書更是忙碌了，她海內外演講的同時，也將一個公益社團，經營得有聲有色。不過，江山易改本性難移，每回看她自掏腰包，在各式會議中宴請老師與會員們，許多朋友都勸她，何須如此？偏偏羽書就有她的一套理論：大家無所求的來做奉獻，偶爾請大家吃一點飯，又有什麼需要在意？

我們有幾位同年出生的好友，組成了「小龍會」，彼此加油打氣，叮囑彼此的養生與健康；羽書理所當然的就是我們之間月份最小的「小龍女」。我們也都覺得，羽書比我們任何人都辛苦，她一向不會拒絕人，任何時間，都可看見她不停地接收來自台灣南北、大陸、美國、加拿大的電話與簡訊，要她幫忙解決各色無奇不有的難題。往往，這些難題，都演化成羽書難以乘載的負擔。同樣的，什麼樣的媽，養成了什麼樣的女兒，她的女兒與她一個樣的翻版，總把朋友的問題攬在身上，長此以往，如何得以輕鬆自在起來？

前兩天，我們喝咖啡，羽書居然又開始訓我，說是活到這歲數，我的辛苦付出要延續到什麼時候，才會懂得休息？才會對自己與老婆好一些？我笑了！說白說，她與我，彼此足以當做對方的鏡子；關心，很懇切；要改？都省省吧！

聚散兩依依

聚散兩依依，這並非刻意剽竊瓊瑤女士的書名，實在是對這兩位友人此生的交錯糾纏，找不到更為洽當的註解。

龍君兒與吉米。

認識龍君兒時，她是大牌女星，我是記者，沒有深談，更遑論深交。後來，她淡出銀幕，在天母經營複合式的咖啡廳與禮品店（她永遠走在流行的先端），我也自日本回歸台灣這塊土地。有一天，住在天母的友人幸姐，飯後拉著我與妻，去逛龍君兒的店；幸姐說，店要關了，龍君兒要出清店裡的貨品，正在大減價中。

我們進得一所位在鬧市裡的一樓庭院，花園的各色花朵奼紫嫣紅，好不熱鬧；清麗脫俗的老闆龍君兒，自店裡迎了出來，但她的表情很特殊，勉強笑著，笑裡沒有甜味，反倒掩映著藏不住的尷尬與無奈。

點了飲料後，我們去選購站立在腳架上的各色高腳玻璃杯。我被非常便宜的標價驚嚇到，才一回頭，龍君兒非常不自在地說，隨便啦！反正本來就不是生意人，只要喜歡，價錢隨便。我因而帶了足以倒進一瓶紅酒，大氣又霸氣的紅酒杯回家，而且是好幾個。

後來才知道，當天有一位男士也許在店裡，但沒人介紹，他就是吉米，比龍君兒小十四歲。龍君兒離過兩次婚，各生過一個女兒；吉米剛自台大畢業沒多久，應徵龍君兒徵求的音樂編輯，兩人因而走在了一起。

吉米當時已經答應龍君兒，願意跟著她搬到渺無人煙的金瓜石山頭，美其名是親近土地，事實上或許是亟欲逃離耳語窸窣的塵囂。

他倆在金瓜石安住好後，我邀約了他倆來上《點燈》節目，他倆爽快地來了。後來遇到破壞力極大的兩個強度颱風，房子垮了，修好又再垮，不食煙火的他倆，不得不向朋友開口借錢。而後有天，他倆決議，離婚。

搬下山，獨自居住的吉米，開始尋找工作；龍君兒帶著小女兒貓靈，心驚膽跳的依偎在山上的小破屋裡。想到苦哈哈的吉米沒錢添購日常用品，龍君兒帶著貓靈，將一床棉被送到了吉米的手中。十個月後，據吉米說，那是一種親情的召喚，包括他視如己出的貓靈在內；於是，他倆又重新辦理了一次結婚登記。

知道他倆復合，我自是十分開懷，再次延請他倆到節目中，分享這對苦命鴛鴦在分分合合之間，所疊堆出的人生況味。

《點燈》二十週年的記者會，龍君兒雖在電話裡再三推辭，最終也還是出席了，卻始終想要躲藏在眾多來賓的背影裡；她偷偷跟我說，太不自在了，她簡直手足無措，不知如何是好。吉米反倒像是好奇寶寶，拿著相機，好奇心旺盛的四處看著拍著。

我與他倆沒有進一步的聯繫，就連金瓜石的外景，都沒有跟著上去。下意識裡，或許，我只是不想打擾他倆吧？

好友高愛倫有回在家宴客，龍君兒與吉米難得出現了，聽到他倆愛吃紅燒肉，我跟他倆說，改天也來寒舍吃吃我燒的紅燒肉。事後，我邀約了一次，龍君兒依然怕麻煩，客套地以忙碌作為藉口，推拒了。這期間，我只去看了吉米的攝影展，託了臉書之福，吉米的動向，我看得著。

直至最近，有天清理手機裡的聯絡電話，也不知按到哪一個按鍵，龍君兒的名字忽然跳了出來，我才想到，是該關懷他倆的時候了。這才知道，龍君兒把金瓜石的房子給賣了，搬到新店山上的一個社區裡。

見面的當天，我坐了捷運到新店線的終點站，吉米開車來接。前往烏來的半路，繞進一個山頭，一個歷史悠久的老社區，就藏在裡面。我耳聞此一社區已久，卻是第一回進入。經過吉米的說明，我才看出，明明是非常老舊的四層水泥房，但因每層樓的入口，各自隸屬於高低不同的坡道上，反倒凸顯了不平凡之處。果不其然，龍君兒硬是不同，由入口的小花園開始，我就被匠心獨具的每個角落的設計，給惹得怦然心動。我故作鎮靜狀，其實非常渴望拿出手機拍上幾張照片，但顧及那比我小一輪的吉米偷笑，只好隱忍了下來。

或許是在自己的地盤上，龍君兒第一次讓我感受到她的寫意、放鬆與自在。她親手磨咖啡豆，手沖咖啡，簡直好喝到爆，還沒說上兩句話，我已然喝完；龍君兒讀出了我心中的想頭，立刻又煮上了第二壺咖啡，這下換成我賓至如歸似的，連雙腳都盤上了那張被龍君兒手術過的老椅子上。

談興越來越旺熾，龍君兒與吉米乾脆帶著我四處穿梭，參觀房子的格局，以及兩人互不相擾的工作室。就在那一刻，我終於親眼看見，龍君兒的能耐果真是太不為世人所知。例如，由一幢水泥樓的設計圖開始，到內裝潢的扶梯，天花板的弧度，燈飾的色彩圖騰，傢俱的品味陳列，到桌上的一個小杯墊，所有的鉅細巧思，都在她親手打造下，呈現在深圳的豪華大樓裡這家店，如今成為深圳重安的地標之一。

一個轉身，龍君兒打開縫紉機底下的抽屜，一件再普通不過的圍裙，只因縫上了她用碎布縫製的一小塊樸拙的方布塊，就跳脫出雅緻又有新意的意象。我想，從頭至尾，我大概都無法合攏那張口結舌的大嘴。

天黑了，我們同樣收不住敞開來的話匣子，吉米一回頭，點火煮餃子燒湯，還可不時的加入我與龍君兒的話題。於是，重點出來了，從不諱言已近七十歲的龍君兒，在山城裡，無法熄滅內心那股再次熊熊焚燒的創作慾望，她已經在宜蘭的山裡看地，想在山裡建闢她這一生最後一座與土地親近的理想王國。雖說兩個已經長大成人的女兒，再三規勸母親打消臨老還要賣命造次的意圖，阻止她變賣唯一容身的老房子。

吉米溫和地放下筷子，看著龍君兒；龍君兒說，吉米在精神上是支持她的，吉米抿著嘴，點頭了。我卻從吉米的表情裡看得出來，吉米對龍君兒下一招的出手，的確也存有難言的不安。

到了這歲數，對於友人的牽掛，我已許久不曾如此提在心頭，難以棄投。看到灰髮垂肩的龍君兒，眼底盡是炯炯閃爍，近乎中蠱的亮彩；再看到白髮披肩，亂髮中還有張純真良善面孔的吉米。他倆的人生棋譜，還會有何種異軍破陣的突起？我不是神，看不出來；但唯有祝福他倆，聚散兩依依，既然也聚了，也散了，又聚了，只因太不容易，求請四方菩薩神祇，保佑他倆，平安幸福直到永遠。

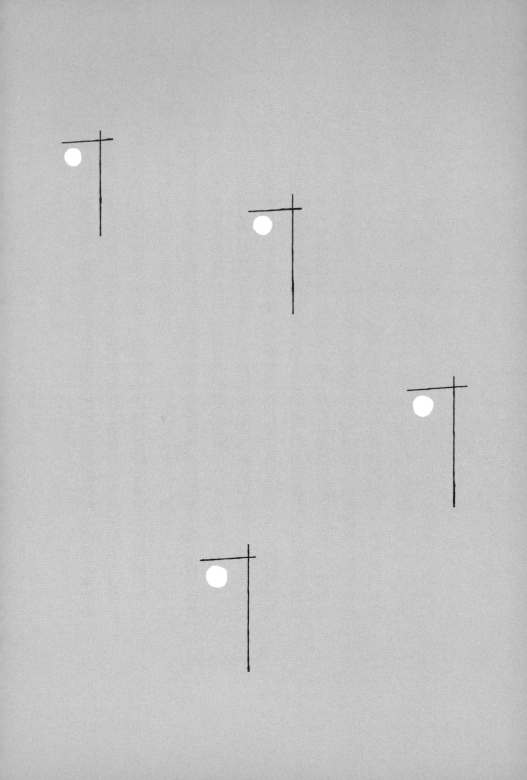

輯四

人情似故鄉

她總是讓人心暖眼熱

一九九四年，《點燈》節目開播後，我們四處尋找激勵人心的人物題材。某日，一位服務一家基金會的友人邀約我，前往花蓮，近距離探訪一位救援雛妓的女英雄，我立馬雀躍起來。

她就是當時擔任「花蓮善牧中心」執行長的吳方芳女士。

彼時，「雛妓」正好是社會關注的一個焦點話題。

一看見吳方芳，就對她磊落無邪的神態，流暢懇切的敘事風格留下好印象。她是一位虔誠的基督徒；熱誠的服務精神，讓她的身後，好似真的出現了一環光芒。

為了救援雛妓，吳方芳成了黑道的眼中

釘，甚至遭到黑道的暴力侵襲和言語的威脅。真正讓吳方芳倒下，罹患憂鬱症，是因為黑道放話，有一天，她將無法看到兒女有手有腳的放學回家。吳方芳每天不時的打電話去學校，詢問兒女的安危不說，自己也開始臥病在床，無力面對強大的壓力。

有一天，吳方芳由床上跳了下來，她忘記一件事，依照原先的約定，她要在前一晚上山，將一位渾身染病，還被家人遺棄的雛妓，救到山下來。等到她神色慌張地趕上山後，立即得知，那位期待獲得救援的雛妓，在等不到奧援的絕望下自殺了。此一悲劇，對吳方芳的打擊極大，強勁的自咎，幾乎毀掉她所剩無幾的鬥志。

我約了吳方芳以及她的另一半，花蓮基督教醫院副院長呂信雄，到攝影棚來錄影。吳方芳談及這件傷心事時，神色尚能自制，反倒是呂副院長，已然喉結上下縮動，眼淚撲簌撲簌而下。站在攝影機後面的我，被這對夫婦的忘情互動所牽引，等到工作人員遞衛生紙給我時，我才發現，自己的情緒也跟著他倆，完全陷落了。

一九九六年，他們夫妻倆，再也無法忍受兒女每天所要面對的恐懼，孩子就連出門上學前，都只敢透過門縫往外看，是否有歹人會威脅他們的安全。他們夫妻帶著兩個孩子，遠赴加拿大移民，求得的是寧靜平安的平凡日子。

呂院長在國外只待了一年，就被召喚回台，接任就要瓦解關門的台東基督教醫院的院長職務。吳方芳陪伴孩子到了二〇〇四年，得以放手孩子們高飛了，才又回到台東，繼續她想要服務的公益事業。

時隔多年，我再度與吳方芳重聚在台東，她又成立了「家立立基金會」，這會兒是為了協助弱勢族群去建「立」健全的婚姻與家庭關係，以及陪伴受傷的青少年重新站「立」起來。

吳方芳再次讓我的眼淚難以抑止。

她正在輔導一位進出兩次少輔院的男生阿川。每週一次，她約了這位染了金髮，身有刺青的少年吃一碗麵，她希望做到「陪他一段，贏回一生」。每次幫阿川付一百五十元，多出來的部分，就要他自己處理。阿川雖然永遠滿身帶刺，態度逆反，但從未在每週一次的吃麵時間缺席過。

某次，因故請過假的吳方芳，趕緊又約了阿川。到了吃麵的時間，整整慢了一個小時，阿川仍未出現；已經數度想離開的吳方芳，一再延緩走離麵店的衝動，又過了二十分鐘後，阿川終於扛著一輛自行車遠遠跑來。原來阿川剛搬家到鹿野，向朋友借了輛自行車，沒想到不但距離遙遠，車子還掉鏈故障了，他沿途搭了兩次牛車，加上馬拉松跑步，才得以現身。

低頭吃麵的阿川，第一次開口說了聲謝謝老師，這對吳方芳來說，不啻是阿川賜給她最有力度的一份鼓勵。不過，她發現吃麵的阿川停了筷子，開始流淚抽泣，她問阿川怎麼了？阿川衝出麵店，蹲在路邊，哭聲變大，吳方芳有點不知所措，阿川邊哭邊大聲說著：「都沒有人等過我、都沒有人等過我……」十六年來，始終欠缺溫暖與關懷的阿川，終於在傷痕累累，破洞無數的心版上，覓得了治療的良藥，也尋到了苦痛心境的一道出口，肆意放情的哭了個夠。

聽著聽著，完蛋，我又被吳方芳給搞哭了。

知道吳方芳在台東過得非常充實，雖然鮮少聯絡，但我相信她與呂信雄院長，絕對是對神仙眷侶，也肯定會受到上帝的疼愛。直到數個月前，忽然由花蓮友人的口中得知，吳方芳得了凶險的癌症。

幾經考慮，我趁著要去台東觀賞齊豫在池上舉行的演唱會，尋到吳方芳，要去拜訪她家新落成的新居。吳方芳爽朗答應，並約好了會面的時間。

由花蓮前往台東的路上，我一路忐忑不安，不知道我的到訪，是否會為吳方芳正在治療的身心帶來多餘的負擔。等到在都蘭的路邊，登上呂院長的車子後，呂院長先給了我一記溫暖的擁抱，就像聊一件稀鬆平常的家務事，主動告訴我吳方芳的發病與治療狀況。

見到吳方芳，她笑聲依舊爽朗，面容依舊美好。她說，原本呂院長要在台東的基督教醫院做體檢，她好心建議，不妨去台北檢查吧，省得給同仁帶來不必要的壓力，於是，吳方芳就陪伴呂院長到了台北。後來一想，既然來了，乾脆也順便檢查好了，沒想到檢查結果出爐後，呂院長沒事，吳方芳卻被檢定為罹癌。

火速接受手術與化療後，吳方芳滿口都是上帝的恩典。她說，一年前檢查沒事，沒想到一年後順便檢查，卻即時查出了病灶；看來陪伴丈夫健檢的確是一舉兩得。她又說，別人化療有反應，她彷彿沒事一樣，能吃能喝能睡，連口腔都沒有破皮。

吳方芳與呂院長的自在與輕鬆，讓我這擔心受怕的客人開心至極；在她們的新居裡，我上上下下的跑個不停，像是玩心濃厚的孩子，歡喜他們的歡喜，愉悅他們的愉悅。

年前，吳方芳在電話中高興地告訴我，化療結束，她結業了；醫生也跟她說，癌細胞完全消失無蹤了。

知道這樣一位老是讓人心暖眼熱的好友，擊敗病魔，恢復健康，真是一份貴重的新年禮物啊！

小母牛的春天

此處要寫的「小母牛」，其實是個男生。

人前人後被呼喚為「小母牛」的他，不但不以為意，還會轉身應答，並朗聲強調，沒問題！就叫「小母牛」吧。

他真的是個如假包換的大男人！

在他「小母牛」外號的背後，是有故事的。

西班牙內戰時期，美國阿肯色州的農民丹·威斯特，在救援受災難民時，以「與其為孩子們勸募牛奶，還不如給他們一頭母牛」的理念，鼓勵接受小母牛的家庭，在日後產下小牛仔後，立刻要轉送給其他的人家。於是，「國際小母牛」組織於焉誕生。

據說，一九四五年，中日戰爭剛結束，

「國際小母牛」組織曾經運送了不少母牛，在上海登陸。只可惜，國共內戰隨即爆發，鐵幕在新政權上任後豎起，小母牛與大陸隔絕，直到改革開放後，才又再度打開交流的大門。

我是六年前，在海南島拍攝由陳統奎發起的大學生返鄉服務論壇的點燈故事，於洶湧的人潮中，與「國際小母牛」組織的代表潘盛，結了因緣。

原籍四川重慶的潘盛，長了一副書生相，說話慢條斯理，脾氣很好，我發現人們怎麼跟他開玩笑，他頂多臉色一紅，就那麼微微一笑，就啥都不說了。與他深聊後，知道他當時為小母牛在新疆推廣非營利慈善工作，當下便與他達成共識，幾個月後，就會帶領外景小組，到新疆與他會合。

負責的企劃心怡，與潘盛在聯繫的過程中，發現潘盛很有概念，知道我們需要拍攝的題材，所有的溝通細節都做得非常工整細密。與另一個故事主角人物的散慢及缺乏效率，形成了強烈的對比。

那一趟，我們精簡的三人外景隊，都長足了見識。潘盛不但領著我們，逐戶拜訪受到小母牛組織照顧的農戶，也讓我們實地去看了農民在沙漠養蜂，在荒漠墾地種植葡萄等農作物；就連農作物最需要的水，是如何聚攏蓄下的，幾乎樣樣都是大學問。

尤其是南疆的「坎兒井」。潘盛領著我們在吐魯番，看見了有兩千年歷史的地下水道；此一巨大工程，與萬里長城、京杭大運河，並列為中國古代的三大工程。相傳是導引自天山融化的雪水，透過豎井、地下渠道、地面渠道、澇壩，等四大部分，灌溉綠洲的農地，避免了水源沿途的蒸發與流失。也因為先耆的智慧與勞苦，疆民才得以在險惡的環境裡成家立業，繁延後代。

因為這趟新疆之行，讓我看到潘盛的牢靠與踏實。他也把我當成老大哥，將心中對未來所勾勒的藍圖，都說給我聽，並希望我能夠提供一些看法給他參考。我只是提醒他，小母牛提供給他的舞台，雖然很辛苦，但由此建立的人脈關係，會因為公益組織的特色，有絕對的可靠性。

潘盛是有心人，他也把當時正在交往的女友，服務於成都公益組織的笑笑約了過去；我發現，這小子還真是有眼光的。

回到台灣後，某天接到潘盛的電子信，希望我能幫他寫封推薦信，他想到哈佛大學的一個訓練營去進修。很順利的，他獲得錄取；我相信，那趟美國之行，對於他日後所建構的視野與高度，都有很大的幫助。

隔了一段時日，潘盛來了電話，直說，他與笑笑要結婚了，希望我能到成都，替他倆證婚。我在電話裡狂笑，再三推辭，憑我這隨意不羈的德性，如何能為他倆在如此重要的人生新里程上，帶來任何實質的祝福與幫助？更何況他倆認得許多大陸公益組織的大佬，我甚至具體指名道姓，但是潘盛這小子始終不鬆口，就是認定了我。

我還是滿了潘盛的願！

潘盛的好友雨蒙來機場接我。閒談中，我已得知，潘盛離開小母牛已成定局。這場婚禮並不鋪張，但可以想見，潘盛的口袋並不深不說，他身為農民的父母，也無法給他任何實質上的幫助。等到婚禮過後，潘盛難得有了機會跟我聊天，當我獲知他真的想自立門戶，從事吐魯番的乾果生意，就誠實跟潘盛說，我在大陸的銀行裡，還存有一點現金，頂多十萬，如果潘盛不棄，我願意如數提出來，給他做創業基金。這個潘盛，大概認為我那點錢，攢下也不容易，雖說沒有當場搖頭拒絕，但也沒有點頭接納。

於是，咱們就各忙各的，偶爾在微信上互相問候。潘盛原本就不是話多的人，只是偶爾在我追問的情況下，告訴我幾位新疆朋友的近況，還有，笑笑替他生了個胖小子。

去年起，他就主動問我，何時去新疆走走？大伙都很想念我；雖說我早已心動，但要付諸行動，還是要有某種動力才成。終於，今年春天，我跟潘盛說，他那胖小子我還沒抱過，如果再不去一趟，哪天說不定就抱不動了。我跟潘盛約好，六月底，我將老母親帶到南京，替姑姑過完八十大壽後，立馬可以由南京飛往烏魯木齊。

如是這般，潘盛替我買好了機票，也擬定了所有行程；從我坐上飛往烏魯木齊的飛機開始，一切的吃住移動，不用耗費我一點腦筋，全都由潘盛與他的合夥人雨蒙搞定。老實說，一向慣於服務他人的我，活到這歲數，居然第一次享受到被人服務的感動與快慰。他們領著我去了吐魯番、伊犁、喀什，見到了所有我想見的舊友，吃到了我想念多時的美食水果，欣賞到了無數壯麗雄偉的天然美景，又結識了許多新的朋友，我想，當皇上也不過如此吧？

旅途上，潘盛第一次開口告訴我，前些年，畢竟經驗不足，許多投資都失敗，他經常連員工的薪水都發不出去，直到去年，才真正開始有了盈餘。而我，畢竟也見過不少人，摔過不少跟斗，在那兩週與潘盛相處的過程裡，我看到了他的堅持，也見到了他的柔軟，我想，這小子終是會擁有一片屬於自己的天地的。

潘盛兒子的小名叫做「小樹苗」，小樹苗總有一天要長成大樹。我這棵老樹何時萎頓枯朽，不得而知，但是，一路下來，在身邊看到許多生命力旺盛的小樹苗一一茁壯碩大，這份欣慰，讓我想到都會露齒傻笑。

她用明天換此生

我喜歡跟正面思考的友人為伍。

有一對異姓兄弟，老莫與全家福，是我熟悉的一對義工寶貝，他倆王哥柳哥的造型，討喜極了，我喜歡約他倆喝咖啡。

某日午後，我領著他倆捨棄便利店清淡無味的咖啡水，來到一家手沖咖啡只收八十元的新門市，存心想看他兄弟倆滿足愉悅的神情。

聊著聊著，我提到了二〇二〇年度的活動計畫，並打算邀約幾位活力旺盛的身障人士參加演出。他倆極有默契，異口同聲地說道：找劉麗紅！找劉麗紅！我問，為什麼極力推薦劉麗紅？他倆說，經常就近協助罹患小兒麻痺，無法行走的劉麗紅前往偏鄉演講；有一回，他倆一人背著劉麗紅，一人搬著笨重的電動輪椅，轉了三趟船，其中包括小舢舨，到了離島中的離島。毅力過人的劉麗紅，不但不以為苦，反而跟他倆說，只要募到善款，她們三位一定要持續地走到無人聞問的偏鄉，去激勵需要關懷的年輕學子們。

我曾經上過劉麗紅的廣播節目，但畢竟不是太熟，於是，火速約了她，在她服務的廣播電台見面。

廣播人的聲音自然是悅耳的，劉麗紅把自己裝扮得明亮又喜氣。只不過，陰雨略寒的天候裡，她居然還喝著冰塊嘎拉嘎啦響著的冰拿鐵。

善於自我剖白的麗紅，一開始就鎖住了我的注意力。

她說，二十歲之前，因為小兒麻痺，不良於行，她完全封閉了自己，逃避與放棄，是她最好的朋友。就讀小學時，為了不讓同學們知道她的殘障，堅持每天一定要第一個進入教室，一整天就如如不動的黏在座椅上，連廁所都不去。直到某一天，身體出現狀況，實在無法忍住了，如同山洪暴發一樣，所有的排泄物霎那奔騰而下；劉麗紅就從那一刻起，成為全班，乃至同層教室所有同學的知名人物。麗紅又說，知名演員郎祖筠就是目睹她創造年度話題的同班同學。

提及父母，又讓我訝異了。麗紅的母親跡近虎媽，始終以語言與行動鞭策這個不良於行的女兒，不准她放棄自己。每當她跌倒在地，母親不但不扶她，還聲聲催促她，趕緊想辦法站起來，連路人都看不下去。父親卻是慈祥溫和，每天騎著自行車，載著麗紅往學校趕，維持著第一個入校門的紀錄。坐在後座的麗紅，有時因睡懶覺，起晚了，卻將父親當成鐵騎，一路抱怨父親騎得不夠快，甚至以惡口怒罵父親蹣跚無力的雙腿。直到有一天，母親把麗紅叫到一邊，臭罵她道，可憐的父親滿懷委屈地背地流淚，為的就是女兒的不能體諒。也因為如此，麗紅終於明白，父親雖然無條件地對她好，卻怎可無理的予取予求？

生命的翻轉，當然是少不了點燈人的出現。已故的生命勇士劉俠，是「伊甸基金會」的創辦人，就是她，敞開了麗紅封閉生命的門窗。

劉俠帶領著一群身障孩子，要他們「跑」馬拉松，去野外露營與蛇為伍，去潛水。第一個任務，就是十二．五公里的馬拉松。

別說是馬拉松了，就連一百公尺都不曾走過的麗紅，杵著拐杖，開始行走；或許藏在她內心底那顆不服輸的種子，被劉俠喚醒了，她咬著牙，艱難地往前踏出去。最後，撐到只剩下一公里的附近，無論是腋下或是雙腿接觸鐵鞋的部分，都已皮破流血，麗紅憤然決定放棄；幸好，她即時看見一位障礙比她還要嚴重的大哥哥，用螞蟻的速度，一步步地挪動著腳，移動著身體，雖然只走出了一公里左右，卻絲毫沒有放棄的意圖。剎那間，洩足氣的麗紅又鼓起了新生的意志，她咬著牙，硬是拼到了終點。

破繭而出的麗紅，也因為這次的馬拉松，結識了到場採訪的傳播人廖偉凡。自己也有位身障弟弟的廖偉凡，選擇了麗紅作助理，帶著她開始做廣播電台的實習記者。第二輪，劉俠帶著身障孩子參加潛水活動，麗紅以記者的身分前往，卻發現沒有女生敢舉手參加深海潛水的冒險，很自然的，她自告奮勇的下水了。

揹著氧氣筒潛到深海的麗紅，接到身旁教練的提示，抬頭往上一望，看見一道白光，由海面勁射到水底，她自己被那道光束包圍在核心中，溫暖舒心又神奇，那種人天合一的迷離經驗，是她生平不曾感受過的悸動。上了岸後，麗紅如電腦升級一般，發現自己又壯大勇敢了一個層級。

去野外露營，親近大自然的課程裡，有一項是讓蛇纏在頸部，要激發大家的勇氣與耐性。與男生個個興奮嘗試成為對比，女生不是哇哇尖叫就是逃跑；麗紅哪肯錯過此一機會，竟然一下子讓六條蛇繞上了頸部與背上，她就如驕傲的勝利女神，得意張揚到不行。

本來還有一堂大鵬高飛的課，可惜找不到教練，而宣告取消。

麗紅對於展翅高飛的缺課始終念念不忘。時隔多年後，終於有一天，找到了膽大的教練，就在萬里的山坡，教練領著她，將輪椅綁在滑翔翼上，堅定的衝出懸崖，飛了出去。翱翔在藍天碧海之間的麗紅沒有空閒尖叫，她在空中與恩師劉俠對話（劉俠當時已然仙去），以相機自拍，還為廣播節目現場採訪起背後的教練。

脫胎換骨的麗紅，獲得了一個「拼命三娘」的外號；將一天當作兩天使用的她，更是發了大願，要前往最偏僻最沒有人去的地方，將親身體驗分享出去，鼓舞年輕人熱愛生命，活出自己的精彩。

自認是「幸福女人」的麗紅，不但不再排斥「掰咖」（瘸腿）的稱謂，還以此自我消遣，說是掰咖不但在伊甸結識了親愛的丈夫（也是身障人士），共造一個幸福家庭，還育有兩個英俊挺拔的兒子。當然，廣播節目與公益活動，也在她親力親為的堅持下，做得風風火火。

在劉麗紅身上，讓人看見她樂於公開的武功祕笈：已逝的昨日無需憑弔；努力的今天作為奮發的墊腳石；明天的到來，就是創造無悔人生的另一個新起點。

池上一暖男

那天中午，急公好義的退休老師賴永松領著我，在池上鄉中山路警察局的後方，見著了那位認真挖土修補花壇的傳奇人物，王金生。

日頭有點大，王先生的光頭映照出一道光暈，為了不打擾他的工作，我跟他說，不急，等到工作告一段落後，再跟他聊一聊。

賴老師就帶著我，轉到與警察局隔了一條雙線馬路的小公園，那裡，有王先生利用廢棄的玻璃瓶底，打造出的一個五彩班斕的圓形彩球。前一晚，我與賴老師就前來參觀過，在內部燈光投射下，黑夜裡的彩球投射出的每個光點，彷彿都在述說著某個動人的人間故事，傳遞給人們無窮的希望與夢想。賴老師說，這裡原本是個垃圾滿地的公有空地。

才一回頭，王先生匆忙走了過來，他焦急地抓著腦門，對著我與賴老師低聲陳說，台東唯一的一家大型書店要關了，這怎麼得了？有沒有什麼辦法可以幫助他們，把書店留下來，否則台東的讀書風氣更要沈淪了。說著說著，他的眼眶紅了，淚水匯聚了，也開始哽噎了；賴老師安慰他，這牽涉到該公司的財務行政管理，我們外人，很難在短期內插手涉入。他默默的點點頭，頂著沒有戴帽子的光頭，又回到工作的花圃旁。

原來，年過六十的王先生曾在台北工作，數年前由台東的都蘭，轉到池上，開設一家他們夫妻自行創作的手工藝品店。後來妻子生病了，店也難以維持，只好結束營業，離開池上，另謀生路。不過，賴老師等池上的有識之士，都認為王先生是池上的一塊寶玉，可以不求任何回報，不花費一毛錢公帑，利用廢棄物，美化了池上的環境，讓池上的居民臉上有光，心頭溫暖。於是，先向鄉公所陳情，取得鄉長的同意，讓王先生掛名在鄉公所，每月取得微薄的報酬，繼續替池上鄉服務；另一方面，又急著接洽台灣好基金會，覓得一無人居住的房子，讓他們父妻得以有個遮風避雨的住處。終於，他們把暖男夫妻留下來了。

隨後，賴老師指著路邊的一道牆，牆面上都是用玻璃塊裝飾的向日葵等各式花朵，黃的白的橙的紫的，繽紛班斕，煞是好看。賴老師說，這是王先生帶頭創作，然後，加入了路過的遊客，當地的歐巴桑，每人都可以拿起一片玻璃，貼到牆上。於是，據王先生自己統計，這面牆的創作，有三百六十三位熱心人士參與，這面牆，也造就出了池上鄉的另一樁傳奇故事。

時到下午，眼看過了五點，我擔心王先生忘了我們的約定，信步走到中午見面的花圃處，工程顯然告一段落，花圃已經完好如初，生氣重現，但不見王先生的人影。我猛然想起，他曾提及，下午還會轉到福原國小，持續另一個小工程，於是，我途經穀倉藝術館，穿越平交道，轉進到福原國小的門口；此時，手機響了，賴老師說，王先生已經如約到了咖啡店。

我才一進店裡，滿臉堆著靦腆笑容的暖男，就趕緊站了起來，他說，工作剛好告一段落，他既然答應了我，當然就會趕來會我。

我的記者魂頃刻間又復活附身，所有好奇的問題，一個接著一個，不停地扔給暖男。慢慢的，暖男的形象立體起來，也更為明晰了。

暖男的父親原籍江蘇鹽城，替上海一大老闆開車，隨著老闆來到台灣，卻因局勢大亂，回不去大陸，只能留在台灣；後來娶了台北女子為妻，在民國四十五年，生下了王金生，也就是我眼前的暖男。

暖男慢慢長大，都在工地進出，上彩油漆是他的專長，也或許此一職業的薰陶，讓他對建材與色彩，有了獨特的心得。一直到某一天，他有了機會進入台東，頓時就被花東縱谷未開發的原始美麗，人們單純互動的交流所吸引，他說，那就是一見鍾情；終於有一天，他放下了台北的工作，實現夢想，落戶在台東了。

有一度，他在台東都蘭的山澗裡，租了一間房，據賴老師夫妻的形容，雖然沒有一物是高價購來的建材或傢俱，暖男夫妻卻將那居處裝飾得有如人間天堂，每一個跨進去的人，都張大了嘴，心生歡喜，捨不得離去。很可惜，四、五年後，房東將房子索回，他們夫妻只好惜別都蘭，轉進池上。

暖男熱愛文學，他自行利用廢棄物，做成各型書架，分贈給池上幾十個店家們，希望家家有書香，老小愛讀書。《文訊》雜誌的封德屏社長是他的好友，經常將一箱箱的書寄給他，他再分別轉送到鄉公所、店家等處分享。他說，眼前有一個夢想，就是在池上建設一個文學館，在館裡舉辦文學講座、演講等活動，邀請作家來駐村，把「閱讀池上」蔚成風氣，讓池上的文學教育由小延伸到老。說著說著，暖男又有些激動了，語氣也明顯地加快了；適時，一通電話進來，打斷了他的思緒與發言。我們都跟著靜默下來，由他在電話中的低聲回應，我猜，應該是他的妻子催促他回家吃晚飯了。

果不其然，才一掛下電話，他就說，非常感恩妻子的照顧，讓他三餐無誤，擁有一個溫暖棲身的暖暖窩。

賴老師說，若有機緣，可以去暖男的家中走訪，絕對可以讓我對暖男的暖暖屋留下許多驚嘆號，不過，唯一的條件是暖男的另一半要有足夠的時間做好準備；暖男也隨之點頭，顯然，尊重妻子，是他維繫這段美好婚姻的關鍵。

暖男離開後，我守著電話，一直沒有聲響，我想，這一趟，暖男的家，看來是造訪不成了；不過，此行得以結識暖男，已經是意外又歡喜的收穫；我深信，舉國知名的池上米，有著黏住人的魔法與魅力，只要因緣成熟，穿堂入室暖男的家，應該是值得期待的。

池上有情人，梁兄哥

與人相識，完全難以預測。來者或許與你投緣，哪怕是臭味薰染，都覺著順意爽氣。萬一是個唱反調的冤家，那可就沒完沒了，就算你存心躲到一個上百萬人口的巨大都市，都有可能與冤家在某家超市的廁所裡，撞個正著。

偶然間，聽說回國定居的藝術家王新蓮，被「台灣好基金會」延請至台東的池上駐鄉，在那方淨土裡恣意作畫，快活像神仙。適巧，她又在臉書上發文，形容池上鄉大坡池的公共廁所，居然有音響極棒的古典音樂終日繚繞，這一下，嘿嘿！完全勾起了我的好奇心。

其實，我曾多次前往台東旅遊，還途經池上數次，甚至在池上臨近的鄉鎮裡拍攝過點燈故事，卻從未有機會繞進池上。二〇一九年的十月，池上一年一度的秋收藝術節，邀請了齊豫和陳建年演唱，托了齊豫的福，給了門票，我這才有了名目，正式到池上作客。不過，那數日的池上無論是飯店或民宿，全都大爆滿，齊豫早早建議我，不妨先去台東住宿，次日再到池上觀賞演出。

演出當天，無論是交通路線的設計，志工們熱情真誠的接待，演唱會場一望無際的黃金稻浪，都讓我對這個土地留下莫名的好印象；雖然演出完畢，我們在池上鄉繞了好大的圈，別說是得以祭上五臟廟的食堂遍尋不著，就連響叮噹的池上便當都無影無蹤。

幸好王新蓮牽了好因緣，給了我大好藉口，就在新型冠狀肺炎鬧得不可開交的三月天，甩掉了有如黏在身上的恐怖情人——口罩，欣喜異常地在池上晃了三天，還與民宿的主人賴永松老師交上朋友。

這趟池上行，對於池上許多隱藏在幕後的精彩人物，更讓我激起結識的衝動。曾在池上國中任教，幾年前退休的賴永松老師果然有義氣，拍著胸脯答應我，一定不會讓我失望。

過了兩週，賴老師的回音來了，池上鄉的傳奇人物，梁正賢，終於有空見我了。我立刻上網買好火車票，就怕梁先生忽然反悔。

約定的某日午後，胖墩墩的梁先生，下了摩托車，一陣風似的進了咖啡廳，他穿著一件秋收活動的綠色短袖上衣，一副圓框近視眼鏡架在圓滾滾的一張臉上，喜感的諧趣油然而生。我之前大約了解了他的背景，一個父祖輩由大甲搬來池上打拼的農家子弟，在繼承了祖業碾米廠後，居然在關鍵時刻跳了下來，應了台灣好基金會董事徐璐的邀請，全力支持池上鄉農村再造的一連串計畫，眾所皆知的春耕、秋收藝術季，因而成了台灣文化界的年度大事。

跳開文字的敘述，見到梁先生的本人，「梁兄哥」的外號，便從我的腦子裡蹦了出來。他爽朗直白，笑聲很大，說話的速度算是中板，但思維邏輯非常強，沒有廢話贅字，尤其數字記憶超神：民國幾年時銀行的年利率是多少、剛來池上任教的母親一日薪水十二元、在他家工作的長工一天十五元（家中的米要留給父母子女，自己則是在東家包三餐）、某年某月某日的半夜得知池上米的國際認證通過、某一年米價與隔年差了幾塊錢，他幾乎不用思考，像是碾米機裡去掉糠殼的白花花大米，刷刷溜溜的自他嘴裡蹦了出來。

他說，從小就要在家幫忙，才唸小學，每天下課後，手抓著裝米的麻袋，站在碾米機前承接打好的米，可以抓到十根手指頭都在流血。當然，也曾試著反抗過，可是才離開家門沒多遠，肚子餓了，口袋沒有一毛錢，當然更無金融卡，只好乖乖地回家。一直到前往西部大甲讀國中，由池上出發，繞到屏東，轉火車到彰化，再轉海線的車到大甲，活生生就要耗掉二十四個小時；所以，一年頂多只能回家兩趟。後來，考上台北的大學（大同工學院機械系），當完兵，在外賣過米做過生意，最後還是順從父母的期待，回到池上，心甘情願的種田割稻碾米賣米。

賴老師說，靠天吃飯的農民是現實主義者，要想搞定農民哪有這麼容易？當年，林懷民老師圈定了一片田，作為雲門演出的舞台，梁兄哥就要替中選的農民先行挑選可以早熟的秧苗，種下後，等待成熟，立刻割掉，鋪設舞台；此時，附近的農民按耐不住，也想搶收，可是，林老師所要求的，在層層藍綠遠山的襯托下，一望無際，搖曳舞動於風中的黃金稻浪，不就成了癩痢頭？最後，恩威並施，搞定農民的也只有梁兄哥。

帶領池上米往上提升，成為風靡全台的冠軍米，售價甚至超越進口的日本米，其間的高潮起伏，聽來有如偵探小說，精彩絕倫。梁兄哥說，池上每年兩季收割稻米後，他先拿出獎金，展開專家的評比，基本上沒有一個農家可以連續奪冠，由此可見栽種池上米的高手如雲，人才濟濟。有一年，參加全國大賽，當他聽到某個鄉鎮的領導在吹噓他們出賽的是連得三年該地冠軍的農戶時，他偷偷的笑了，他說，如果要算池上鄉具有冠軍身價的稻作有多少，那還真是有得數的了。

賴老師指出了梁兄哥的特質，他說，梁兄哥既是精明十足的生意人，任何人都別想呼弄他；同時也是內心柔軟，捨得放下的公益人，熟知民間疾苦，所以特別能夠領眾；鄉內只要有任何事，出錢出力的就是梁兄哥。梁兄哥為了不讓人說話，捐出自家穀倉，自己出錢，邀請建築師設計，花了三年半，蓋出創意十足，得到國際大獎的「池上穀倉藝術館」，為的是提升池上的文化底蘊；他以一塊錢的租金，交給台灣好基金會負責營運。這兩年，他也將秋收藝術節的大小事情，全都由他擔任理事長的文化藝術協會承攬下來，梁兄哥認為，他們不能永遠賴著台灣好基金會，一定要學習自立自強。為了每年秋收藝術節八百萬的預算，他帶著志工們，統合資源，做足後援，只要不夠，他就先貼錢解決問題；哪怕是演出那些天耗費極大的便當，他也要求協會的會計，必須在演出後的一週內結算給商家。

連續三天聆聽梁兄哥的故事，外加賴老師的補述，我只是不停的笑著、讚嘆著、甚至激動的拍著桌子。一直到非得起身，準備去池上火車站搭乘返程的火車，這才發現，梁兄哥連續三天，穿的都是那件綠色上衣，難不成他還有同式同色同樣領口袖口皆已寬弛，乃至有些脫線的衣服，得以替換？

新店溪水不斷流

雖然在景美讀了三年書，距離新店溪與碧潭吊橋很近，卻鮮少前往；記憶中，唯有一兩次，跟著社團的活動，穿越過吊橋，前往河流的上游露營；然後就是隨著住在溪畔的同學回家，打過一次牙祭。

十年前，在北京拍攝《點燈》故事，跟隨「雁行中國」的北大生杜娟，直奔天津鄉下。時任「雁行中國」主席的台灣媳婦郭偉瓊，主動出馬，親自駕車，載著我們拍攝小組，由北京浩浩蕩蕩的啟程。

車上，我與郭老師有一搭沒一搭的開始聊天，知道她在台灣出生、求學、成長。她說，自小在新店溪的邊上長大，她的父親是大陸過去的老兵；然後，提到了父執輩的故事，當

「聖嚴師父」這四個字，自她口中躍出的瞬間，我像是被點中了穴道，只是默默感受著心臟跳動的聲響，久久接不上任何話語。

郭老師的尊翁郭傳秀，安徽人氏，十九歲時，跟著部隊遷移到臺灣。就在新店溪河畔的「清風園」（通信兵種），與俗名張採薇的聖嚴師父成了同事，住在同一個寢室的上下鋪。郭傳秀後來娶了在「清風園」大門邊上開設店鋪的劉家女兒劉秀鳳；喜宴上，聖嚴師父還擔任帳房，幫忙收集登錄禮金。

郭老師是這對新人生下的長女。每逢假日，聖嚴師父過去作客，還幫忙抱著郭老師，以及接連又來報到的弟弟們。

我與郭老師立馬成了同門法親不說，彼此之間的客氣與生疏，霎那也化為烏有。等到拍攝工作結束，回到北京，郭老師不但拉著我們到她家，介紹了另一半韓瑋，還帶著我們去好吃的素食館吃晚飯，隔天繼續要招待中飯。

郭老師伉儷回台灣時，我們也共同聚會過，兩位老菩薩由郭老師帶領，歡喜相見。郭老先生很內斂，話不多；老太太則是非常熱情，還在席間告訴我，聖嚴師父退伍時，她還在家做了一桌素菜，宴請師父。

俗人為了俗事送往迎來，總是沒完沒了，我一如既往，渾渾噩噩的過日子；期間固然屢有心思泛起，企圖做些實際點的企劃，也好報答聖嚴師父的恩情於萬一，卻老是欠缺臨門一腳；偶爾午夜夢迴，雖不致於汗涔涔淚漣漣，但還是羞愧難掩。

今年的一月初，郭老師與兒子回台投票，我們約在一家眷村餐廳小聚，我也指名，希望兩位老菩薩都能出席。果然，與聖嚴師父同庚，今年九十歲的郭老先生，神情奕奕的與小他八歲的老伴都到了。席間，當然會聊及當年的種種往事，我情不自禁的跟郭老師說，能夠找一天到新店去拜望兩位老菩薩，做一點與聖嚴師父有關的口述歷史嗎？郭老師與兩位老菩薩不斷地點頭，還給了我十足的方便；老先生說，只要我高興，哪一天都會空下來，等候我的差遣。兩位老菩薩還相互咬了耳朵，說是另有一位僅存的老同事王辦仁，與聖嚴師父的交情更深，屆時也約了他，一同喝杯茶。

離開餐廳後，我領著他們朝捷運站走去；郭老先生走在前面，步伐很大，速度很快，幾乎是我平日運動的極限；我回頭跟郭老師讚嘆老先生的勇健，郭老師笑得極為甜美，她說，這是她最大的福報。

穿出巷道，繞到大馬路後，馬路上的過往行人多了許多，我加快腳步趕上，扶著老先生的臂膀。老先生居然體己的與我說起男人之間的私密話，他說，老伴平日很會念叨他，有時候聽煩了，有股火，老要往上冒，但隨之想起聖嚴師父的教導，他會立刻反省，是否自己真的做錯什麼了，如果察覺自己沒錯，他就左耳進，右耳出，不將不開心的事情往心上去。如果不是行人如織，老要將我與老先生擠到一邊去，我真的好想停下腳步，深深地向老先生合十讚嘆；原來，這就是活到老學到老的真功夫啊！

選舉結束，郭老師母子先行離台，我不敢大意，很快地就與兩位老菩薩約定了見面的日子。

正如郭老先生在路上跟我說的，他很慶幸，有個孝順的女兒。郭老師為二老在新店捷運上方的大樓，買了一間公寓，不但讓二老進出上下方便，周邊也是二老熟悉數十年的地理環境，就連菜場都只隔了條馬路而已。

很遺憾，原先預定出席的王辦仁老先生，因為體力衰弱，外加帕金森症的干擾，就告假了，只是先行將幾則手稿與相片交予郭老太太，轉交給我。

王辦仁先生是在上海城隍廟，登記青年軍時，與聖嚴師父相遇，於一九四九年的五月八日，一同搭乘江亞大船，耗時四天，十二日抵達台灣。先是在北投落腳，當時隸屬陸軍二〇七師，師長是馬滌心。他與師父經過幹訓班的訓練，調到第六軍，編至通信群指揮部第二營無線電連，任上士文書官；而後又一起到宜蘭通校受訓，然後編到二軍團通信營，升任准尉。透過老長官盧天祥的介紹，兩人同時進入碧潭村「清風園」任職；也就在此時，認識了剛好在日本佐世保受訓歸來的郭傳秀老先生。

王辦仁與郭傳秀兩位老人都特別提及，他們的軍種非常敏感，要想提前退伍根本是不可能的事，但是，師父卻是時時刻刻都在想著退伍，想要再次出家。當時的主任魏大銘中將，就是逆行菩薩，堅持不准聖嚴師父的退伍申請。郭老先生說，幸好時任國防部第二廳廳長鄭介民的夫人，是位虔誠的佛教徒，親自出面，替聖嚴師父說項。王辦仁老先生也特別提及時任二軍團的袁司令官與駐新店市通信指揮部參謀長姜佐中，都在關鍵時刻伸出援手，全力協助，才得以讓聖嚴師父終於辦成了退伍手續，實現再次出家的大願。

郭家客廳裡，我杯中的茶水，只要喝上一口，不是老先生吩咐老伴替我蓄上，就是老太太時刻轉身提壺加注。老太太十分進入情況，只要老先生聊到自己的身世，她立刻打斷，大聲在有些重聽的老先生耳畔強調：「你不要說那麼多啦！只要說聖嚴師父跟你的故事就好啦。」

老太太告訴我，她原先是基督徒，一直到多年之後，她們一家到安和分院，同時皈依在師父座下；師父還笑著跟老太太說，早就知道她早晚有一天會來找師父。師父為他們賜予了「果化」（老先生）、「果緣」（老太太）、「果政」（女兒）的法名。

老先生說，聖嚴師父是個非常嚴謹的人，平日上班是輪班制，每六個鐘頭要輪班一次，包括大夜班在內。聖嚴師父一有空檔就是讀書寫字，不太說閒話；房間裡的小書桌以及房間外的桌子，基本上也只有聖嚴師父在使用。同事們都清楚，師父以前出家過，所以在營裡吃素；但是師父並不苛求，可以接受鍋邊素。

師父的身體，果然是底子不好，郭老先生說，師父大概有風濕症，經常身體違和，說是筋骨痠痛；但師父的意志堅強，將病體置於一旁，始終在認真讀寫；他們也都知道，師父以「醒世將軍」的筆名與基督徒打筆仗，威武異常，銳不可當。

每到假日，師父會帶著他們四處參訪寺院，所有新店周遭的寺院，幾乎都被他們走過了一圈。等到師父二次出家，去了北投農禪寺，又到高雄美濃閉關，前往日本留學，他們一直都有書信往還。印象最為深刻的是，聖嚴師父拿到博士學位，回到台灣後，還專程趕到新店，報告他們這樁好消息，昔日的袍澤們都與有榮焉的替聖嚴師父高興。

老先生非常懊惱，他前不久還將聖嚴師父由日本寄給他的書信拿出來獻寶，老太太要他收好，改天去做護貝才能長久保存。沒想到，等到要給我欣賞時，反倒遍尋不著，老太太忍不住再三抱怨，老先生也只能頻頻搖頭嘆息。

那一天，天氣分外的好，一道陽光由郭家的西窗直接照射進來，讓人在冬日裡倍感溫暖。我忍不住站起，往窗外望去，居然就看見碧潭吊橋鐵錚錚的橫亙在眼前。數十年前，聖嚴師父的身影，必然在此橋上穿梭過無數次，為的當然是蓄積後來度化眾生的能量。如今，鐵橋依舊在，潭水一樣流；碧藍的潭水如一條宛延的錦帶，在陽光下閃耀著傲人的金光，卻綁不住世人執著不悟的遞轉與滄桑。歲月，在一汪湛藍裡，彷彿靜止了數十年；事實上，改變的，何止是人們多變的心性與容貌。

告別的時間到來之前，老先生喜孜孜地拿出了他寫的墨寶「禪」；還附記了「守八德，尊五倫，生活自然運行；平靜自如就入禪境。果化合十」的心境寫照。我拿出手機，拍下了照片，附耳跟老先生說，真是師父的好弟子啊！老先生瞬間笑開了雙頰，將遺失師父手稿的失落，轉念放下到一邊去。

兩位老人一本舊時溫煦情熱的待客之道，挽留我留下晚飯；我立時想起了昔日，無論是到「農禪寺」開會，在紐約的「東初禪寺」掛單，乃至以色列的特拉維夫進行國際學術會議，只要到點，師父就趕著我們去吃飯，先把肚皮餵飽。同樣的，兩位老人堅持親自送我下電梯，出大門，看著我朝著捷運站走去；他倆揮著手，眼神中飽滿著喜悅與祝福，也一如聖嚴師父站在「東初禪寺」的門口，雙手合十，目送著我上了友人的車子，駛進了河流般的車潮裡。

下一個片刻，就算已安坐在捷運的座椅上，感受到車速在瞿黑的涵洞裡飛快奔馳，我也恍如坐在新店溪的碧潭岸上，看著原本幾近靜止的河水，一旦翻越過壩堤，忽地聲勢浩大的淙淙乍響，奮不顧身的往下游滾動，應答著河谷裡的回聲，如此義無反顧、義無反顧。

在轉角遇見你

作者 張光斗
副主編 謝翠鈺
責任編輯 廖婉婷
責任企劃 江季勳、王聖惠
美術設計 江孟達工作室

董事長 趙政岷
出版者 時報文化出版企業股份有限公司
108019台北市和平西路三段240號1-7樓
發行專線—（02）2306-6824
讀者服務專線—0800-231-705　（02）2304-7103
讀者服務傳真—（02）2304-6858
郵撥—1934-4724時報文化出版公司
信箱—10899臺北華江橋郵局第99信箱

時報悅讀網 http://www.readingtimes.com.tw
法律顧問 理律法律事務所 陳長文律師、李念祖律師
印刷 勁達印刷有限公司
一版一刷 二〇二〇年七月十日
一版三刷 二〇二〇年八月三十一日
定價 新台幣三百二十元

時報文化出版公司成立於一九七五年，並於一九九九年股票上櫃公開發行，於二〇〇八年脫離中時集團非屬旺中，以「尊重智慧與創意的文化事業」為信念。

在轉角遇見你 / 張光斗著. -- 一版. -- 臺北市：時報文化, 2020.07｜　面；14.8×21公分｜
ISBN 978-957-13-8263-0（平裝）｜863.55｜109008692